CHA
RADI
NHAS

CHA RADI NHAS

B

©TODOLIVRO LTDA.

Rodovia Jorge Lacerda, 5086
Gaspar - SC | CEP 89115-100

Direção:
Ângela Finzetto

Edição:
Virginia Finzeto

Ilustração:
Juliana Serri

Revisão:
Karin E. Rees de Azevedo

IMPRESSO NA CHINA
www.todolivro.com.br

Dados Internacionais de Catalogação na Publicação (CIP)
(Câmara Brasileira do Livro, SP, Brasil)

Finzetto, Ângela
Charadinhas: mais de 700 enigmas para você se divertir! / [direção
Ângela Finzetto; edição Virginia Finzetto; ilustração Juliana Serri].
Gaspar, SC: Todolivro Editora, 2022.

ISBN 978-85-376-1779-3

1. Charadas 2. Enigmas I. Finzetto, Ângela.
II. Finzetto, Virginia. III. Serri, Juliana.

13-01010   CDD-793.73

Índices para catálogo sistemático:

1. Charadas : Coletânea : Entretenimentos 793.73

 QUANDO É QUE O SAPATO RI?

O QUE É, O QUE É?
 BRANCO POR FORA, AMARELO POR
DENTRO. SÓ PODE SER USADO
QUANDO É QUEBRADO.

O QUE É, O QUE É?
 NUNCA SE COME NO CAFÉ DA MANHÃ.

O QUE É, O QUE É?
 COM CHEIRO FORTE E SABOR
PICANTE, TEM VÁRIAS PELES PARA
DESCASCAR. QUANDO É CORTADA,
FAZ A GENTE CHORAR.

O QUE É, O QUE É?
TEM A FORMA DE UM OITO
E NAS PONTAS DOIS BRACINHOS.
USADOS PELOS NOVOS E MAIS
AINDA PELOS VELHINHOS.

 Respostas: quando ele acha "graxa" (graça); o ovo; o almoço
e o jantar; a cebola; os óculos.

 O QUE, QUANTO MAIS SECA, MAIS
MOLHADA FICA?

 O QUE É, O QUE É?
TEM CABEÇA, BARBA E DENTE,
MAS NÃO É GENTE.

 O QUE É, O QUE É?
ALTAS VARANDAS E FORMOSAS
JANELAS, QUE ABREM E FECHAM
SEM NINGUÉM TOCAR NELAS.

 O QUE É, O QUE É?
QUINTETO QUE, MESMO UNIDO, SÓ UM
INSTRUMENTO PODE TOCAR. MESMO
SE TODOS BRIGAREM, ELES NUNCA
IRÃO SE SEPARAR.

 O QUE É, O QUE É?
TODOS TÊM DOIS, VOCÊ TEM UM
E EU NÃO TENHO NENHUM.

 QUANDO ALGUÉM ATIRA UMA PEDRA
NO MAR VERMELHO, COMO ELA FICA?

 O QUE É, O QUE É?
ANDA DEVAGAR E TEM COMO CASA UM
CASCO DURO PARA MORAR.

 QUAL É O QUEIJO QUE MAIS SOFRE?

 O QUE É, O QUE É?
NÃO TEM DIA DO ANO EM QUE
POSSA DESCANSAR.
MORA DENTRO DO PEITO
E FICA SEMPRE A TRABALHAR.

 O QUE É UM AÇUCAREIRO?

 QUAL É A COISA QUE TEM MENOS
BURACOS QUANDO ESTÁ RASGADA?

 Respostas: molhada; a tartaruga; o queijo ralado; o coração; um
homem que vende açúcar bem caro; a rede.

POR QUE O ELEFANTE NÃO CONSEGUE
TIRAR CARTA DE MOTORISTA?

O QUE É, O QUE É?
QUATRO PERNAS PARADAS,
QUATRO PERNAS ANDANDO,
DUAS CABEÇAS BATENDO,
DUAS CABEÇAS PENSANDO,
SEIS BOCAS ENGOLINDO,
DUAS BOCAS FALANDO.

O QUE É, O QUE É?
O LUÍS TEM NA FRENTE,
A RAQUEL TEM ATRÁS.
AS ABELHAS TÊM NO MEIO
E OS ANIMAIS NÃO TÊM MAIS.

O QUE É, O QUE É?
DUAS IRMÃS DA MESMA IDADE,
MAS DIFERENTES EM HABILIDADE.

Respostas: porque ele só dá trombada; a mesa de sinuca com
dois jogadores; a letra "L"; as mãos.

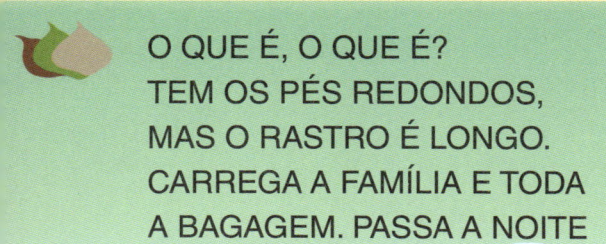

O QUE É, O QUE É?
TEM OS PÉS REDONDOS,
MAS O RASTRO É LONGO.
CARREGA A FAMÍLIA E TODA
A BAGAGEM. PASSA A NOITE
DENTRO DA GARAGEM.

O QUE É, O QUE É?
SÃO CINCO IRMÃOS. QUATRO
TRABALHAM E UM NÃO.

O QUE É, O QUE É?
MORRE, NASCE E CONTINUA A EXISTIR.
SEMPRE CORRE E NUNCA CANSA.
DO SEU CURSO NÃO DEVE SAIR.

O QUE É, O QUE É?
UMA CASA COM 12 JOGADORES.
TODOS USAM MEIAS, MAS NÃO USAM
SAPATOS.

Respostas: o carro; os quatro pneus do carro, o quinto é o estepe; o rio; o relógio de ponteiros.

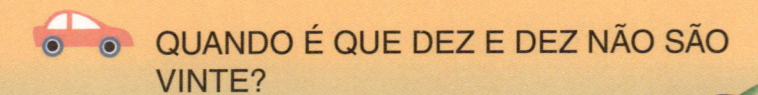

QUANDO É QUE DEZ E DEZ NÃO SÃO
VINTE?

O QUE É, O QUE É?
SOMOS DOIS IRMÃOS
E LEVAMOS UM FARDO PESADO.
DE DIA, VIVEMOS CHEIOS.
DE NOITE, SOMOS ESVAZIADOS.

O QUE É, O QUE É?
BOTA OVO, MAS NÃO TEM PENA.
POR INCRÍVEL QUE PAREÇA,
ANDA COM OS PÉS NA CABEÇA.

O QUE É, O QUE É?
CAI NO CHÃO E NÃO DESMONTA.
CAI NA ÁGUA E DESMANCHA.

O QUE É, O QUE É?
TEM NA CABEÇA, MAS NÃO É CABELO.
TEM NO POÇO, MAS NÃO É ÁGUA?

Respostas: quando o relógio marca 10 horas e 10 minutos; o par
de sapatos; o piolho; o papel; a letra "O".

 POR QUE OS CRAQUES DE FUTEBOL
BEBEM MUITA ÁGUA?

 O QUE É, O QUE É?
ESTOU PLANTADA NA TERRA
E NÃO POSSO ME MEXER.
TENHO FOLHAS, MAS NÃO SOU LIVRO.
SEM AR, NÃO POSSO VIVER.

 O QUE É, O QUE É?
GARÇA BRANCA NO CAMPO VERDE.
BICO NA ÁGUA, MORRENDO DE SEDE.

 O QUE É, O QUE É?
DA TERRA VOU PARA O CÉU
E A TERRA HEI DE REVER.
SOU QUEM MOLHA O CAMPO
E FAZ A MATA FLORESCER.

 COMO SE DIMINUI A QUEDA DE CABELO
QUANDO ELE É LAVADO?

 Respostas: para dar um golaço; a árvore; o navio; a chuva; tomando banho sentado.

O QUE É UM VULCÃO?

O QUE É, O QUE É?
NA MESA SE PÕE, NA MESA SE CORTA,
MAS NÃO SE COME.

O QUE É, O QUE É?
TEM OLHOS, MAS NÃO ENXERGA.
TEM ÁGUA, MAS NÃO BEBE.
TEM CARNE, MAS NÃO COME.
TEM BARBA, MAS NÃO É HOMEM.

O QUE É, O QUE É?
FITA COLORIDA QUE AMARRA
O CABELO DO CÉU QUANDO PARA DE
CHOVER. DIZEM QUE NO FINAL DELA
TEM UM POTE DE OURO QUE NINGUÉM
CONSEGUE VER.

 O QUE É QUE SÓ TEM CABEÇA À NOITE?

 O SEU PAI ESTÁ EM UMA PONTE.
DE UM LADO TEM UM LEÃO
E DO OUTRO TEM UMA ONÇA.
EMBAIXO TEM VÁRIOS TUBARÕES.
COMO ELE SAI DE LÁ?

 UM HOMEM ESTÁ DOENTE
E RECEBE OS CUIDADOS DA ESPOSA.
QUAL O ESTADO DO HOMEM?

 O QUE É, O QUE É?
FRUTO AZEDO, QUE NA ÁRVORE
NASCE PENDURADO.
QUANDO É NOVO, É VERDE.
QUANDO É VELHO, FICA AMARELADO.

 Respostas: o travesseiro; ele enfrenta a onça, porque ela é pintada; casado; o limão.

COMO SE TIRA DA ÁGUA UMA PESSOA
QUE CAIU NO RIO E NÃO SABE NADAR?

O QUE É, O QUE É?
SÃO TRÊS IRMÃS EM UMA CASA.
UMA VAI E NÃO RETORNA.
UMA QUER IR E NÃO PODE.
A OUTRA FICA ATÉ MORRER.

O QUE É, O QUE É?
TEM PERNAS, MAS NÃO ANDA.
TEM BRAÇOS, MAS NÃO ABRAÇA.
TEM ASSENTO, MAS NÃO SE ACENTUA.

O QUE É, O QUE É?
CHAMA OS VIVOS, SAÚDA OS MORTOS.
FALA GROSSO, FALA FINO.
MORA NO ALTO E NUNCA DESCE.

Respostas: molhada; a fumaça, o fogo e o carvão; a cadeira;
o sino.

 POR QUE O CARRO VERMELHO CHEGA PRIMEIRO?

 O QUE É, O QUE É?
NÃO É MINHA IRMÃ, NÃO É MEU IRMÃO,
MAS É FILHO DO MEU PAI.

 DE MANHÃ, QUANDO SAI O SOL,
QUAL É A PRIMEIRA COISA
QUE O BOI FAZ?

 O QUE É, O QUE É?
É IRMÃO DO MEU TIO,
SEM SER MEU TIO.

 QUAL É A PALAVRA DE OITO LETRAS
QUE, SE TIRARMOS QUATRO,
CONTINUA OITO?

 Respostas: porque ele é "chegou!"; eu mesmo; sombra; meu pai; biscoito, se tirarmos o bisc, fica oito.

O QUE É, O QUE É?
É LEVE COMO O AR, MAS POR
MAIS DE DEZ MINUTOS NINGUÉM
CONSEGUE SEGURAR.

O QUE É, O QUE É?
NÃO FAZ BARULHO AO CHEGAR,
MAS, QUANDO VAI EMBORA,
FAZ TODO MUNDO ACORDAR.

QUAL É O ESTADO BRASILEIRO QUE
TEM DEZ LETRAS E NENHUMA SE
REPETE?

QUE HORAS SÃO QUANDO O RELÓGIO
BATE 13 HORAS?

O QUE A MINHOCA FALOU PARA
O MINHOCO?

Respostas: a respiração; o sono; Pernambuco; horas de
consertá-lo; Você "minhoquece"!

 QUANDO É QUE O MÉDICO SE VESTE
DE VERDE?

 QUAL É O NOME DO PAÍS QUE SE
PODE COMER, CUJA CAPITAL
SE PODE CHUPAR?

 O QUE É, O QUE É?
QUANDO É NOVO ANDA DE QUATRO,
QUANDO É ADULTO ANDA DE DUAS
E QUANDO É VELHO ANDA DE TRÊS.

 O QUE É, O QUE É?
TEM CHAPÉU, MAS NÃO TEM CABEÇA.
TEM BOCA, MAS NÃO FALA.
TEM ASA, MAS NÃO VOA.

 A CASA, O RELÓGIO E A LUA.
O QUE ELES TÊM EM COMUM?

 Respostas: quando ele está de plantão; Peru e Lima; o homem
(engatinha, fica em pé e usa bengala); o bule; todos têm quarto.

 COMO SE CONSEGUE VOAR SEM
SAIR DO CHÃO?

 POR QUE OS PÁSSAROS VOAM PARA
O NORTE?

 POR QUE ALGUMAS PESSOAS
COLOCAM O DESPERTADOR SOB
O TRAVESSEIRO?

 O QUE É, O QUE É?
ÉRAMOS DOIS IRMÃOS UNIDOS,
OS DOIS DE UMA SÓ COR.
NUNCA FIQUEI SEM MISSA,
MAS MEU IRMÃO JÁ FICOU.
PARA FESTAS E BANQUETES,
A MIM CONVIDARÃO.
PARA FESTAS DE COZINHA,
CONVIDARÃO A MEU IRMÃO.

Respostas: nas asas da imaginação; porque é muito longe para eles irem a pé; para acordar em cima da hora; o vinho e o vinagre.

O QUE É, O QUE É?
É COMPRIDA E BRANQUINHA,
COM O NARIZ AMARELINHO.
SE FICAR EM PÉ, VAI SUMINDO
ATÉ SOBRAR SÓ UM BOCADINHO.

EM UMA BANHEIRA CHEIA DE ÁGUA,
VOCÊ TEM UM BALDE,
UM COPO E UMA COLHER.
QUAL É A MANEIRA MAIS RÁPIDA
DE ESVAZIAR A ÁGUA?

O QUE É, O QUE É?
TORTO QUE SE FINGE DE MORTO PARA
PEGAR OS VIVOS.

O QUE É, O QUE É?
UM LITRO DE UÍSQUE SOBRE UM SACO
DE CIMENTO.

Respostas: a vela; tirando a tampa do ralo; o anzol; o "uisquecimento".

 POR QUE A MAMÃE JACARÉ TIROU
O JACAREZINHO DA ESCOLA?

 O QUE É, O QUE É?
NA TELEVISÃO, COBRE UM PAÍS.
NO FUTEBOL, ATRAI A BOLA.
EM CASA, INCENTIVA O LAZER.

 O QUE É, O QUE É?
TEM SEMPRE O MESMO TAMANHO,
NÃO IMPORTA O PESO.

 O QUE É, O QUE É?
TEM QUARTOS, MAS NÃO TEM SALAS.
TEM MEIAS, MAS NÃO TEM PÉS.

 Respostas: porque ele "reptiu" de ano; a rede; a balança; a hora.

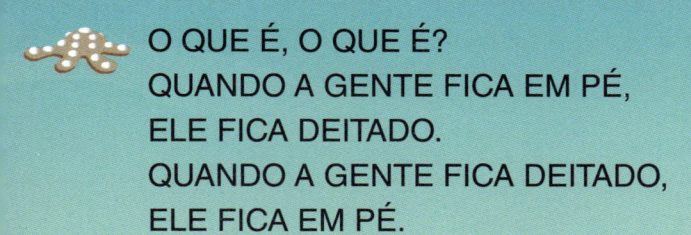

O QUE É, O QUE É?
QUANDO A GENTE FICA EM PÉ,
ELE FICA DEITADO.
QUANDO A GENTE FICA DEITADO,
ELE FICA EM PÉ.

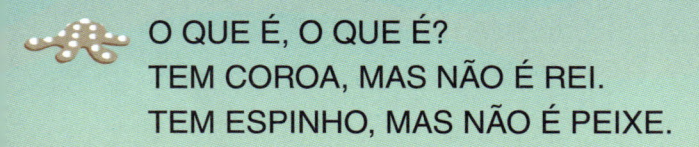

O QUE É, O QUE É?
TEM COROA, MAS NÃO É REI.
TEM ESPINHO, MAS NÃO É PEIXE.

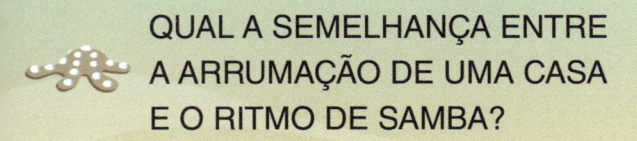

O QUE É QUE DETESTAMOS NA PRAIA
E ADORAMOS NA PANELA?

QUAL A SEMELHANÇA ENTRE
A ARRUMAÇÃO DE UMA CASA
E O RITMO DE SAMBA?

 O QUE É, O QUE É?
PULA E SE VESTE DE NOIVA.

 O HOMEM CUIDAVA DE URSOS EM
UM ZOOLÓGICO. UM DIA ELE LARGOU
A PROFISSÃO.
QUAL É O NOME DO FILME?

 O QUE É, O QUE É?
NA ÁGUA NASCI.
NA ÁGUA ME CRIEI.
MAS, SE ME JOGAREM NA
ÁGUA, ALI EU MORREREI.

 O QUE É, O QUE É?
TEM DUAS PATAS REDONDAS E FAZ
RASTROS COMPRIDOS.

 QUAL A DIFERENÇA ENTRE O GATO
E O REFRIGERANTE?

 QUEM É QUE NO NATAL ANDA COM
O SACO CHEIO ÀS COSTAS PASSANDO
DE CASA EM CASA?

 O QUE É, O QUE É?
ENTRA PELA CHAMINÉ E FAZ A FESTA
DE FINAL DE ANO.

 UM HOMEM MUITO CABELUDO ESTAVA
COM PIOLHOS. RASPOU A CABEÇA.
TODOS MORRERAM, MENOS UM.
QUAL É O NOME DO FILME?

 O QUE É, O QUE É?
UM PONTINHO COLORIDO
NO CACHORRO.

 Respostas: o gato mia, o refrigerante "light"; o carteiro, ou você pensou que fosse o Papai Noel?; o ladrão; "Eu Sou a Lenda" (Eu Sou a Lenda); uma pulga pulando Carnaval.

 UM HOMEM TINHA UM DRAGÃO QUE
NÃO OUVIA QUANDO O CHAMAVAM.
QUAL É O NOME DO FILME?

 UM HOMEM MONTA UM PRESÉPIO NO
DIA DE NATAL. QUAL É O NOME DELE?

 COMO É QUE SE TRANSFORMA
O NOME DE UMA CACHORRA QUE SE
CHAMA PARMA EM LEITE?

 O QUE É, O QUE É?
UMA CASINHA SEM TRANCA,
SEM PORTA E SEM JANELA.

 O QUE É, O QUE É?
O LUGAR EM QUE TODOS PODEM
SENTAR, MENOS VOCÊ.

Respostas: A Má Audição do Dragão (A Maldição do Dragão);
Armando Nascimento de Jesus; Parmalate; o ovo; o seu colo.

 O QUE É PIOR DO QUE UMA GIRAFA
COM DOR DE GARGANTA?

 O QUE O PAPAGAIO DISSE PARA
O PINGUIM AO CHEGAR À FESTA?

 O QUE É, O QUE É?
ENCHE UMA CASA COMPLETA,
MAS NÃO ENCHE UMA MÃO.
AMARRADO PELAS COSTAS,
ENTRA E SAI SEM TER PORTÃO.

 O QUE É QUE SE ENCONTRA DEBAIXO
DE UM TAPETE DO HOSPÍCIO?

 O QUE A FECHADURA DISSE
PARA A CHAVE?

Respostas: uma centopeia com dor nos pés; Por que você não me avisou que era a rigor?; o botão; um doido varrido; Vamos dar uma voltinha?.

 O QUE É QUE CASA MUITAS VEZES,
MAS ESTÁ SEMPRE SOLTEIRO?

O QUE É, O QUE É?
SÃO DOIS VIZINHOS.
UM NÃO VAI À CASA DO OUTRO.
OS DOIS NÃO SE VEEM POR CAUSA
DE UM MORRINHO.

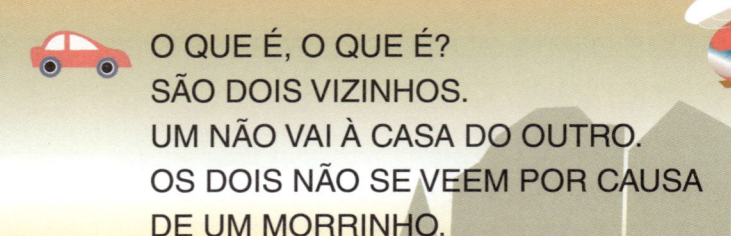

DOIS CHICLETES SE CASARAM E
TIVERAM MUITOS CHICLETINHOS.
QUAL É O NOME DO FILME?

O QUE É, O QUE É?
ENTRA NA ÁGUA, MAS NÃO SE MOLHA.

O QUE É, O QUE É?
QUANTO MAIS SE TIRA,
MAIS AUMENTA.

POR QUE O PÃO NÃO CONSEGUE
ENTENDER A BATATA?

QUAL É O NOME DO SERIADO DE TV EM
QUE UMA MULHER CORRE ATRÁS DE
UM CÃO COM UMA AGULHA?

NA VASILHA DE RAÇÃO DE UM
CACHORRO TINHA UMA LENTE.
QUAL É O NOME DO FILME?

O QUE É, O QUE É?
UM PONTINHO AZUL QUE VAI
E VEM NO CÉU.

O QUE É, O QUE É?
É DO TAMANHO DE UMA BOLOTA
E ENCHE A CASA ATÉ A PORTA?

Respostas: porque ele é francês e ela é inglesa; Hilda Furacão;
"Com Ração Vai Lente" (Coração Valente); um **blumenangue**
(bumerangue); a lâmpada acesa.

 POR QUE O COELHO SE PARECE COM
A ESQUINA?

 O QUE É, O QUE É?
DE DIA, TEM QUATRO PÉS.
DE NOITE, TEM SEIS PÉS.

 O QUE É, O QUE É?
À DIREITA SOU UM HOMEM,
FACILMENTE ACHARÁS.
ÀS AVESSAS SÓ À NOITE
E NEM SEMPRE ENCONTRARÁS.

 UM PATO VAI SUBINDO UMA LADEIRA
E BOTA UM OVO.
O OVO DESCE OU SOBE?

 O QUE É, O QUE É?
UM CÉU QUE NÃO POSSUI ESTRELAS.

 Respostas: porque os dois têm orelhão; a cama sozinha e depois com alguém deitado; Raul e luar; nem sobe nem desce, porque pato não bota ovo, quem bota é a pata; o céu da boca.

 QUANDO É QUE DUAS MÃES E DUAS
FILHAS SOMAM TRÊS PESSOAS?

 DOIS FRANGOS ESTAVAM VOANDO.
UM DELES FALOU: FRANGO NÃO VOA!
UM CAIU NO CHÃO E O OUTRO
CONTINUOU VOANDO. POR QUÊ?

 O QUE É, O QUE É?
QUANTO MAIS RUGA TEM, MAIS NOVO É.

 O QUE É, O QUE É?
É MEU, MAS OS OUTROS USAM MAIS
DO QUE EU.

 O QUE O ÁLCOOL FALOU PARA
O OUTRO?

 Respostas: quando a mãe, a filha e a avó estão juntas; porque
ele era um frango a passarinho;o pneu; o meu nome; "Eita nóis"
(etanóis).

 QUE MEIO DE TRANSPORTE FAZ
TODO MUNDO GRITAR DE MEDO?

 O QUE É, O QUE É?
DE LEITE É FEITO,
MUITO BOM E NUTRITIVO.
SEU NOME RIMA COM BEIJO.

 UM DIA, VÁRIAS FORMIGAS
DECIDIRAM FAZER UM BAILE DENTRO
DE UMA CANETA.
QUAL É O NOME DO FILME?

 POR QUE DURANTE O INVERNO
OS PÁSSAROS VOAM PARA
AS REGIÕES TROPICAIS?

 POR QUE O PERIQUITO FOI AO
ORTOPEDISTA?

 Respostas: o carrinho da montanha-russa; o queijo; In the Pen Dance Day (Independence Day); porque é muito longe para ir a pé; porque ele estava com bico-de-papagaio.

 COMO É QUE UM SABÃO EM PÓ SE DECLARA APAIXONADO?

 O QUE É, O QUE É? A PLANTA PREFERIDA DE TODO PROFESSOR DE MATEMÁTICA.

 POR QUE ALGUÉM ESTAVA DORMINDO EM CIMA DE UM TÚMULO?

 PAI E FILHO SE DESPEDIRAM DEPRESSA. QUAL É O NOME DO FILME?

 O QUE DÁ A MISTURA DA LETRA "A" COM UMA PULGA?

 O QUE DÁ A MISTURA DE UM MACACO COM UM SANDUÍCHE DE QUEIJO?

 Respostas: Eu te OMO; qualquer uma que tenha a raiz quadrada; porque no túmulo estava escrito: "Descanse em paz"; Tchau Pai, Tchau Filho (Tal Pai, Tal Filho); um "A saltante" (assaltante); um X-panzé (chimpanzé).

 QUAL É A SEMELHANÇA ENTRE
A IGREJA E O MAR?

 O NAMORADO DEU DE PRESENTE PARA
SUA NAMORADA UM PINGENTE COM
SUA FOTO DENTRO.
QUAL É O NOME DO FILME?

 O QUE É, O QUE É?
TODAS AS MÃES TÊM.
SEM ELE, NÃO TEM PÃO.
SOME NO INVERNO
E APARECE NO VERÃO.

 POR QUE A VACA SENTIU NECESSIDADE
DE VIAJAR PARA O ESPAÇO?

 O QUE É, O QUE É?
NASCE NO RIO, VIVE NO RIO E MORRE
NO RIO, MAS NEM SEMPRE ESTÁ
MOLHADO.

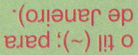 Respostas: ambos têm velas; Quem Vê Cara Não Vê Coração;
o til (~); para se encontrar com o vácuo; o carioca (natural do Rio
de Janeiro).

 POR QUE OS BURROS SE PARECEM
COM OS LIVROS?

 O QUE É, O QUE É?
UM PONTINHO AMARELO
EM CIMA DE UMA MOTO.

 O QUE É, O QUE É?
SE VOCÊ MUDAR UMA LETRA EM MEU
NOME, IRÁ APARECER O NOME DO
ANIMAL QUE É MEU MAIOR INIMIGO.

 O QUE A ZEBRA DISSE PARA A MOSCA?

 UM MÉDICO MUITO LOUCO INVENTOU
UM REMÉDIO QUE CURA A DOR
ANTES DE ELA EXISTIR.
QUAL É O NOME DO FILME?

Respostas: porque ambos têm orelhas; Ruffles, a batata da Honda; gato e rato; Você está na minha "lista" negra; O Extermina a Dor do Futuro (O Exterminador do Futuro).

 QUAL A SEMELHANÇA ENTRE
O CAUBÓI E O GALO?

 UM MENINO ENTROU NA LOJA PARA
ESCOLHER UMA BOLA.
HAVIA UMA VERMELHA E UMA AZUL.
ELE COMPROU A VERMELHA.
QUAL É O NOME DO FILME?

 QUE HORAS SÃO QUANDO VOCÊ SE
ACHA O MÁXIMO?

 O QUE É, O QUE É?
TRABALHA EM TEMPO DOBRADO.
SEMPRE DE NOITE E DE DIA.
SE ELE TEIMA EM FICAR PARADO,
SÓ DANDO CORDA ANDARIA.

 EM UM AQUÁRIO TEM DEZ PEIXES.
CINCO MORRERAM AFOGADOS.
QUANTOS SOBRARAM?

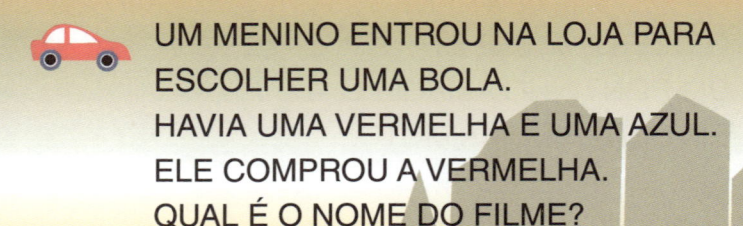

 Respostas: ambos têm esporas; Largou a Azul (Lagoa Azul); hora de se ver no espelho; o relógio; todos, porque peixe não morre afogado.

 QUAL A DIFERENÇA ENTRE UM TOMATE E UMA PINTURA?

 O QUE É, O QUE É?
QUANDO UMA PARTE,
PARTEM AS DUAS.
QUANDO UMA CHEGA,
CHEGAM AS DUAS.

 QUAL É A PALAVRA QUE TEM QUATRO SÍLABAS E VINTE E SEIS LETRAS?

 O QUE É, O QUE É?
A COISA MAIS VELOZ DO MUNDO.

 UM HOMEM ESTAVA ANDANDO DE BICICLETA E DEIXOU CAIR SEU CHINELO. QUAL É O NOME DO FILME?

QUAL A SEMELHANÇA ENTRE
O PETRÓLEO E O FÓSFORO?

O QUE É, O QUE É?
NÓS MATAMOS QUANDO ELA ESTÁ
NOS MATANDO.

UM GATINHO CHAMADO TIDO
RESOLVEU SAIR DE SEU CESTO E DAR
UMA VOLTINHA.
QUAL É O NOME DO FILME?

O QUE É, O QUE É?
NÃO TEM PÉS, MAS CORRE.
TEM LEITO E NÃO DORME.
QUANDO PARA, MORRE.

O QUE É, O QUE É?
FICA CHEIO, DE BOCA PARA BAIXO.
FICA VAZIO, DE BOCA PARA CIMA.

Respostas: ambos são explosivos; a fome; O Cesto sem Tido (O Sexto Sentido); o rio; o chapéu.

 QUAL A DIFERENÇA ENTRE UM PIÃO
E UM DISCO OLÍMPICO?

 EU TENHO UMA ENXADA, UMA PÁ
E UMA FOICE. QUANTAS FERRAMENTAS
EU TENHO?

 UM MACACO QUERIA FALAR, DEPOIS
QUERIA VOAR, DEPOIS QUERIA VIRAR
UM PAPAGAIO. QUAL É O NOME DO
FILME?

 O QUE É, O QUE É?
CORRE EM VOLTA DO PASTO INTEIRO
E NÃO MEXE UM PONTEIRO.

 O QUE É, O QUE É?
CORRE PELA CASA TODA E DEPOIS
DORME EM UM CANTO.

 QUAL A SEMELHANÇA ENTRE
AS CHAVES E O MACARRÃO?

 ERA UMA VEZ UM LUGAR ONDE
SÓ EXISTIAM PIZZAS. AS DE ALICHE
FORAM EXPULSAS PELAS PIZZAS
DE ERVILHA. QUAL É O NOME DO FILME?

 O QUE É, O QUE É?
QUANTO MAIS SE PERDE, MAIS SE TEM.

 O QUE O NADADOR FAZ PARA BATER
O RECORDE?

 O QUE É, O QUE É?
A MAIOR BOCA DO MUNDO.

 O QUE É, O QUE É?
FAZ VIRAR A CABEÇA DE UM HOMEM.

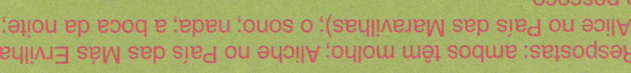
Respostas: ambos têm molho; Aliche no País das Mas Ervilhas (Alice no País das Maravilhas); o sono; nada; a boca da noite; o pescoço.

 POR QUE UM PIRATA NÃO PODE SER
JOGADOR DE FUTEBOL?

 O QUE É, O QUE É?
NASCE E MORRE EM PÉ.

 O QUE É, O QUE É?
NUNCA PASSA E SEMPRE ESTÁ
NA FRENTE.

 O QUE É, O QUE É?
PASSA DIANTE DO SOL E NUNCA FAZ
SOMBRA.

 DUAS GALINHAS, OLGA E CÉLIA,
COMEM DOIS GRÃOS DE MILHO
EXPLOSIVO.
QUAL É O NOME DO FILME?

 O QUE O ZERO DISSE PARA O OITO?

Respostas: porque ele é perna de pau; a vela; o futuro; o vento;
Dois Milhos e Bum, Olga e Célia no Espaço (2001, uma Odisseia
no Espaço); Que cinto maneiro!.

 POR QUE A CENOURA TEM MUITA
INVEJA DA CEBOLA?

 O QUE É, O QUE É?
COM DEZ PATAS VAI DE LADO,
CONSTELAÇÃO TEM SEU NOME,
NÃO TEM PESCOÇO E É CAÇADO
PORQUE É GOSTOSO E SE COME.

 QUANTOS GRANDES HOMENS NASCEM
EM PEQUENAS CIDADES?

 O QUE É, O QUE É?
TODO MUNDO PRECISA. TODO
MUNDO PEDE. TODO MUNDO DÁ, MAS
NINGUÉM SEGUE.

 QUAL A MELHOR MANEIRA DE GANHAR
UMA CORRIDA?

 Respostas: porque ninguém chora por ela; o caranguejo; nenhum, todos nascem bebê; o conselho; correndo mais do que os outros.

QUAL A SEMELHANÇA ENTRE UM
ALUNO DISTRAÍDO E A CHUVA?

ROBIN VIVIA BRIGANDO COM SEU
IRMÃO MAIS NOVO. UM DIA, O CAÇULA
CONTOU TUDO PARA A MÃE DELE.
QUAL É O NOME DO FILME?

O QUE É, O QUE É?
A CAPITAL BRASILEIRA QUE TODOS
QUEREM CONQUISTAR.

O QUE É, O QUE É?
SUBINDO O SOL, VAI SE ENCURTANDO.
DESCENDO O SOL, VAI SE ALONGANDO.

QUANDO É QUE O JOGADOR DE
FUTEBOL PRATICA, PELO MENOS,
DOIS ESPORTES?

Respostas: ambos caem das nuvens; Bate, Mãe, em Robin
(Batman e Robin); Vitória; a sombra; quando faz gol de bicicleta.

 QUAL A DIFERENÇA ENTRE O RABO
DO BOI E O PÃO?

 O QUE É, O QUE É?
TEM COROA, MAS NÃO É REI.
TEM RAIZ, MAS NÃO É PLANTA.

 UMA ORQUESTA REUNIDA NÃO
CONSEGUIU TOCAR NENHUMA MÚSICA.
QUAL É O NOME DO FILME?

 O QUE É, O QUE É?
DE DIA, FICA NO CÉU.
À NOITE, FICA NA ÁGUA.

 VOCÊ ESTÁ EM UMA SALA
ESCURA COM UM ÚNICO FÓSFORO
NA MÃO. À SUA FRENTE TEM UMA
VELA, UMA LAMPARINA E UMA
PILHA DE LENHA.
O QUE VOCÊ ACENDE PRIMEIRO?

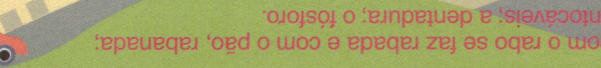 Respostas: com o rabo se faz rabada e com o pão, rabanada;
o dente; Os Intocáveis; a dentadura; o fósforo.

 QUAL A DIFERENÇA ENTRE O RATO
E O ÁCIDO?

 DOIS SORVETES ESTAVAM BRIGANDO
EM UMA SORVETERIA.
QUAL É O NOME DO FILME?

 O QUE É, O QUE É?
RESPONDA DEPRESSA,
NÃO SEJA BOCÓ,
TEM NO POMAR
E NO SEU PALETÓ.

 POR QUE O BATMAN COLOCOU
O BATMÓVEL NO SEGURO?

 O QUE É CAPAZ DE TERMINAR TUDO
COM APENAS TRÊS LETRAS?

 Respostas: o rato rói e o ácido corrói; Cremer x Cremer (Kramer x Kramer); a manga; porque ele tem medo que o "Robin" (roubem); FIM.

 O QUE É, O QUE É?
UMA PESSOA QUE VALE POR DUAS.

 O QUE É, O QUE É?
É VERDE E NÃO É PLANTA.
FALA E NÃO É GENTE.

 O SINO CAIU DENTRO DE UMA
CHURRASQUEIRA.
QUAL É O NOME DO FILME?

 O QUE É, O QUE É?
QUANTO MAIS CRESCE, MENOS SE VÊ.

O QUE É, O QUE É?
UMA CAIXINHA DE BOM PARECER.
NÃO HÁ CARPINTEIRO QUE
SAIBA FAZER.

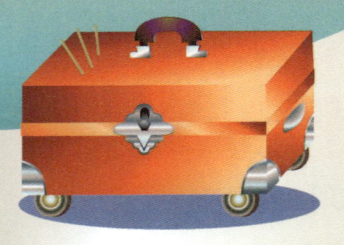

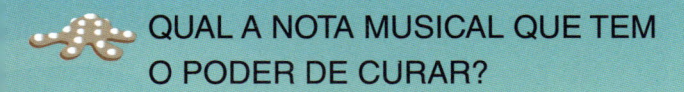 QUAL A NOTA MUSICAL QUE TEM
O PODER DE CURAR?

O QUE É, O QUE É?
É VERDE E NÃO É CAPIM.
É BRANCO E NÃO É ALGODÃO.
É VERMELHO E NÃO É SANGUE.
É PRETO E NÃO É CARVÃO.

QUAL É A MULHER QUE, INVERTIDA,
PODE VOAR?

O QUE É, O QUE É?
QUE NUNCA SE COME,
MAS É BOM PARA COMER.

O QUE É, O QUE É?
MESMO ATRAVESSANDO O RIO,
CONSEGUE NÃO SE MOLHAR.

 QUAL A DIFERENÇA ENTRE O DIA
E A NOITE?

 O QUE É, O QUE É?
AQUELE QUE EM UM INSTANTE
SE QUEBRA, SE ALGUÉM
DIZ O SEU NOME.

 O QUE É, O QUE É?
UM CASTELO ONDE NÃO
MORA REI NEM RAINHA.

 O QUE É, O QUE É?
UM PONTINHO VERDE
ULTRAPASSANDO UM PONTINHO
AMARELO NA ESTRADA.

 POR QUE O LOUCO TOMA BANHO
COM O CHUVEIRO DESLIGADO?

 Respostas: a tarde; o silêncio; o castelo de areia; um "Volks vagem" (Volkswagen) ultrapassando um "Uno milho" (Uno Mille); porque ele usa xampu para cabelos secos.

QUAL É O ESPORTE PREFERIDO DOS
CANTORES?

O QUE É, O QUE É?
NÃO TEM OLHOS, MAS PISCA.
NÃO TEM BOCA, MAS COMANDA.

EM UMA CIDADE HAVIA MAIS PESSOAS
COM YAMAHA DO QUE COM HONDA.
QUAL É O NOME DO FILME?

O QUE É, O QUE É?
UM PONTINHO BRANCO FAZENDO
ABDOMINAL NO MONTE EVEREST.

O QUE É, O QUE É?
UM JOGO BOM PARA A CUCA, ÀS VEZES
UM TECIDO. MAS NINGUÉM CURTE
QUANDO É A CASA DO BANDIDO.

Respostas: lançamento de disco; o semáforo; "Pouca Honda"
(Pocahontas); o "Abdominável" (Abominável) Homem das Neves;
o xadrez.

 O QUE ACONTECERÁ SE VOCÊ
ALIMENTAR UMA VACA COM FLORES?

 UM MENINO DÁ UMA NOTA DE
VINTE PARA ALGUÉM.
QUAL É O NOME DO MENINO?

 UM HOMEM VAI A UMA FESTA
E COLOCA UM COPO NO BOLSO.
QUAL É O NOME DO FILME?

 O QUE É, O QUE É?
UM PONTINHO VERDE EM UMA
MANCHA BRANCA NO FOGÃO.

 O QUE É, O QUE É?
CINTURA FINA E PERNA ALONGADA,
TOCA CORNETA E LEVA BOFETADA.

 QUAL É A DIFERENÇA ENTRE
O ZÍPER E O ELEVADOR?

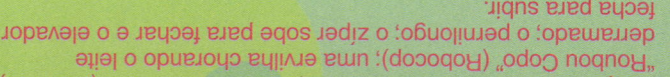
Respostas: ela dará leite de rosas; Leonardo dá vinte (Da Vinci);
"Roubou Copo" (Robocop); uma ervilha chorando o leite
derramado; o pernilongo; o zíper sobe para fechar e o elevador
fecha para subir.

QUAL O PAÍS ONDE TODOS
FREQUENTAM A ACADEMIA?

O QUE É, O QUE É?
É PEQUENO COMO CAMUNDONGO,
MAS CUIDA DA CASA COMO
SE FOSSE UM LEÃO.

AS BEZERRAS MAMARAM TANTO
NA VACA, QUE ELA MORREU.
QUAL É O NOME DO FILME?

O QUE É, O QUE É?
AO TODO SÃO TRÊS IRMÃOS:
O MAIS VELHO JÁ SE FOI,
O DO MEIO ESTÁ CONOSCO
E O CAÇULA NÃO NASCEU.

O QUE É, O QUE É?
NÃO TEM BOCA, MAS FALA.
NÃO TEM PERNA, MAS ANDA.

Respostas: Somália (só malha); o cadeado; "Mamonas
Assassinas"; o passado, o presente e o futuro; a carta.

 POR QUE O PORCO, MESMO MORTO,
CONTINUA FELIZ?

 O QUE É, O QUE É?
UM PONTINHO VERMELHO NO MEIO
DO MAR.

 QUAL É O NOME DO PEIXE QUE TEM
UM TÍTULO DE NOBREZA?

 DUAS LÊNDEAS APAIXONADAS.
QUAL É O NOME DO FILME?

 O QUE É, O QUE É?
OURO NÃO É, PRATA NÃO É,
ABRA A CORTINA E VERÁ QUEM É.

 POR QUE O MARIDO DA VIÚVA NÃO
PODE SE CASAR COM A CUNHADA?

 Respostas: porque ele está de "bacon" a vida; um **red**moinho (redemoinho); tubarão; As Lêndeas (Lendas) da Paixão; a banana; porque ele está morto.

 O QUE HÁ EM COMUM ENTRE A CIDADE
DE BRASÍLIA E O DINHEIRO?

 TRÊS MENINOS CAÇAVAM MOSQUITOS.
QUAL É O NOME DO FILME?

 O QUE É, O QUE É?
DOIS PONTINHOS AZUIS NO FUNDO
DO MAR.

 O QUE É, O QUE É?
POSSO SER DE VÁRIOS TAMANHOS
E DE MUITO PARECER.
MAS NEM TODOS OS MARES
E OS RIOS DO MUNDO JUNTOS SÃO
CAPAZES DE ME ENCHER.

 QUAL É A DIFERENÇA ENTRE
A ESPINHA E A CORCUNDA?

 Respostas: ambos têm capital; Os Três
Mosqueteiros (twobarões (tubarões); a peneira; a espinha
prejudica o rosto e a corcunda prejudica o resto do corpo.

 O QUE O TREM ANTIGO
E O CHURRASCO TÊM EM COMUM?

 O QUE É, O QUE É?
ESTÁ SEMPRE NO MEIO DA RUA
E VIVE COM AS PERNAS PARA O AR?

 POR QUE A PLANTA QUANDO É
PEQUENA NÃO FALA?

 O QUE É, O QUE É?
O JOGADOR DE BASQUETE PODE
FAZER O TEMPO TODO.
O JOGADOR DE FUTEBOL, QUANDO
FAZ, É PENALIZADO.

 DUAS PULGAS DECIDIRAM PASSEAR.
O QUE UMA PULGA PERGUNTOU PARA
A OUTRA PULGA?

 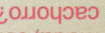

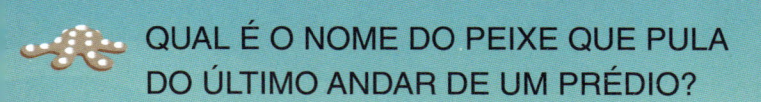

QUAL É O NOME DO PEIXE QUE PULA
DO ÚLTIMO ANDAR DE UM PRÉDIO?

O QUE É, O QUE É?
UM PONTINHO PRETO EM UM CASTELO.

O QUE É, O QUE É?
TEM PÉ DE PORCO, ORELHA DE PORCO,
RABO DE PORCO, MAS NÃO É PORCO.

O QUE É, O QUE É?
O ANIMAL QUE NÃO VALE MAIS NADA.

O PAI NASCEU NA AMÉRICA.
QUAL O NOME DO FILME?

O QUE É, O QUE É?
UM PONTINHO VERMELHO PULANDO
NA FEIRA.

Respostas: AAAH...Tum (atum); uma "pimenta do reino"; uma
feijoada; o javali; "American Pai" (American Pie); um "caqui-pererê"
(saci-pererê).

POR QUE COLOCARAM GELO
EM CIMA DA TELEVISÃO?

O QUE É, O QUE É?
UM PONTINHO MARROM DENTRO
DE UMA CARAVELA EM ALTO-MAR.

QUAL É A DIFERENÇA ENTRE UMA
MONTANHA E UM COMPRIMIDO
GRANDE?

O QUE É, O QUE É?
O DIA DA SEMANA MAIS INDICADO
PARA PRATICAR BASQUETE.

O QUE É, O QUE É?
O CIRURGIÃO E O MATEMÁTICO
TÊM EM COMUM.

Respostas: para congelar a imagem; Pedro Álvares Cabrown (Cabral); a montanha é difícil de subir e o comprimido, difícil de descer; a "sexta-feira" (cesta); ambos fazem operações.

 É POSSÍVEL DUAS PESSOAS ESTAREM SEPARADAS POR MENOS DE DEZ CENTÍMETROS SEM QUE POSSAM SE TOCAR?

 O QUE É, O QUE É? UM PONTINHO MARROM NA PRÉ-HISTÓRIA.

 O QUE É, O QUE É? O CRUZAMENTO DE UMA GIRAFA COM UM PAPAGAIO.

 O QUE TEM NO MEIO DO OVO?

 O QUE É, O QUE É? TODO MUNDO TEM, MAS QUANDO PRECISA VAI AO MERCADO COMPRAR.

 Respostas: sim, basta que cada uma esteja de um lado da porta; um **brontossauro** (brontossauro); um alto-falante; a letra V; a canela.

 O QUE DÁ A MISTURA DE UMA TARTARUGA COM UM PINGUIM?

 O QUE É, O QUE É?
NASCE GRANDE E MORRE PEQUENO.

 O QUE É, O QUE É?
NASCEU NA ÁGUA.
NA ÁGUA FOI CRIADO.
MAS, SE VOLTAR PARA A ÁGUA,
AOS POUCOS SERÁ ELIMINADO.

 O QUE É, O QUE É?
UM PONTINHO VERMELHO PULANDO
DE GALHO EM GALHO.

 O QUE É QUE CANTA QUANDO APANHA?

 QUANDO É QUE O CACHORRO FICA
DESCONFIADO?

Respostas: um sorvete de casquinha; o lápis; o gelo; um "morangotango"; o pandeiro; quando fica com a pulga atrás da orelha.

 COMO SÃO CHAMADOS DOIS
ELEFANTES MONTADOS EM UMA
BICICLETA?

 O QUE É, O QUE É?
UM PONTINHO AMARELO
ULTRAPASSANDO UM PONTINHO
BRANCO NA ESTRADA.

 QUAL O NOME DO MÊS MAIS
PRONUNCIADO NO PORTEIRO
ELETRÔNICO?

 O QUE É, O QUE É?
TEM CAMA, MAS NÃO DORME,
TEM RIM, MAS NÃO FAZ XIXI.

 POR QUE O TOMATE NORTE-AMERICANO
NÃO PODE SER XERIFE?

Respostas: otimistas; um "Uno milho" (Uno Mille) ultrapassando uma "arroz Royce" (Rolls Royce); abril; camarim (cama rim); porque ele é "pele vermelha".

 COMO A ESFIRRA ERA CHAMADA
ANTES DE TER ESSE NOME?

 POR QUE O GATO MIA PARA A LUA
E A LUA NÃO RESPONDE?

 O QUE É, O QUE É?
QUANDO VOCÊ TEM,
NÃO DÁ PARA NINGUÉM.
QUANDO DÁ, VOCÊ FICA SEM.

 QUAL É O BICHO MAIS CHIQUE DO
MUNDO?

 O QUE É, O QUE É?
UM PONTINHO AMARELO LIGADO
NA TOMADA DA COZINHA.

 O QUE É, O QUE É?
QUANTO MAIS EU TIRO, MAIS EU TENHO.

 Respostas: Firra, porque "astronomia" (astro não mia); a razão; é o porco, porque ele vive no chiqueiro; um **yellow**trodoméstico (eletrodoméstico); fotografias.

QUAL É A DIFERENÇA ENTRE UM PADRE
E UMA MERCEDES?

O QUE É, O QUE É?
DOIS PONTINHOS VERDES E DOIS
AMARELOS SALTITANTES NO QUINTAL.

O QUE É, O QUE É?
TODOS ME PISAM, MAS EU NÃO PISO
EM NINGUÉM.
TODOS PERGUNTAM POR MIM,
E EU NÃO PERGUNTO POR NINGUÉM.

QUAL É O SONHO DE TODO
VENTILADOR?

EU TREMO A CADA MOVIMENTO DO AR,
MAS OS MAIORES FARDOS EU SEI
SUPORTAR. QUEM SOU EU?

Respostas: o padre reza e a Mercedes Benz (benze); duas ervilhas
e dois milhos pulando amarelinha; o caminho; um dia ser um
helicóptero; a água.

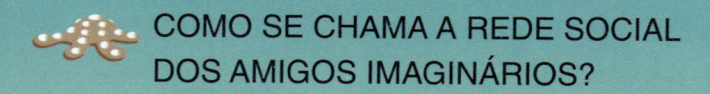

COMO SE CHAMA A REDE SOCIAL
DOS AMIGOS IMAGINÁRIOS?

O QUE É, O QUE É?
UM PONTINHO AMARELO QUE
GANHOU NA LOTERIA.

COMO FAZER PARA UM ELEFANTE
FICAR ELEGANTE?

O QUE É, O QUE É?
É MAGRO PARA CHUCHU.
NÃO TEM DENTES NEM DINHEIRO,
MAS DÁ COMIDA PARA TODOS
O ANO INTEIRO.

O QUE É, O QUE É?
CORRE SEMPRE ATRÁS DO TEMPO.
MESMO PRESO, SABE ANDAR.
VIVE PARADO, MAS SE MEXE.
SEM DORMIR, PODE ACORDAR.

Respostas: **Fakebook**; um "milhonário"; basta trocar o F pelo G;
o garfo; o relógio.

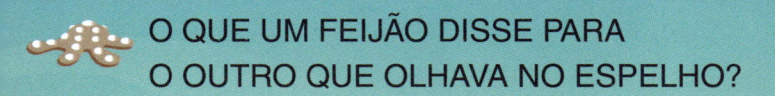

O QUE UM FEIJÃO DISSE PARA
O OUTRO QUE OLHAVA NO ESPELHO?

O QUE É, O QUE É?
UM PONTINHO VERDE NO CANTO DA
SALA DE AULA.

O QUE É, O QUE É?
MINHA CASA, EU LEVO NAS COSTAS.
ATRÁS DE MIM, EU DEIXO UMA TRILHA.
SOU LENTO DE MOVIMENTOS
E NÃO GOSTO DE JARDINEIROS.

O QUE O TRAVESSEIRO DISSE
PARA O GANSO?

QUAL A DIFERENÇA ENTRE UMA
PRIVADA E UMA PILHA?

QUAL O SAPATO QUE ESTÁ SEMPRE
QUEBRADO?

Respostas: Como você é "fei, João"; uma ervilha de castigo; o caracol; Estou com pena de você; a pilha tem carga e a privada, descarga; o "tá manco" (tamanco).

 QUAL É O NOME DA BEBIDA PREFERIDA DOS MARCIANOS?

 UM RECIPIENTE CHEIO DE ÁGUA QUE PESA UMA TONELADA. O QUE SE PODE FAZER NELE PARA QUE FIQUE MAIS LEVE?

 QUAL É A DIFERENÇA ENTRE O SONOLENTO E O MERGULHADOR?

 O QUE É QUE O TOMATE FOI FAZER NO BANCO?

 O QUE A ESFERA DISSE PARA O CUBO?

 QUAL É O CEREAL PREFERIDO DO VAMPIRO?

 Respostas: chá "Marte"; um buraco; o sonolento tem ar superficial e o mergulhador, olhar profundo; ele foi tirar um "extrato"; deixa de ser quadrado; aveia (a veia).

 QUAL É A PRIMEIRA COISA QUE SE
FAZ QUANDO SE ACORDA?

 O QUE É, O QUE É?
UM PONTINHO MARROM NO FUNDO
DO MAR.

 ONDE FICOU PRESA A COMIDA QUE
MATOU A FOME?

 QUAL A PARTE DO CORPO QUE MAIS
COÇA?

 QUAL É O CARRO QUE ESTÁ SEMPRE
EM FORMA?

 O QUE DÁ O CRUZAMENTO DE UMA
GIRAFA COM UM PORCO ESPINHO?

QUAL É A MELHOR MANEIRA DE
CALAR O MUNDO?

Respostas: abre os olhos; um "camarrom" (camarão); na cadeia
alimentar; a unha; o carro esporte; uma escova de dente; tirando a
letra N de "mundo".

 O QUE O APONTADOR DISSE PARA O LÁPIS?

 O QUE É, O QUE É?
UM PONTINHO VERDE EM PERNAMBUCO.

 O QUE ACONTECE COM O LÁPIS QUANDO ELE CAI NO CHÃO?

 QUAL É O CÚMULO DO DESPERDÍCIO?

 O QUE É, O QUE É?
TEM BOCA, MAS NÃO FALA.

 O QUE O PEIXE FALOU PARA A NAMORADA?

 POR QUE O CACHORRO ENTROU NA IGREJA?

 Respostas: Pare de dar voltas e vá direto ao assunto! ; um "trevo" de quatro folhas; ele fica desapontado; jogar conversa fora; o fogão; Estou "apaixonado" por você; para ver o pastor alemão.

 O QUE TEM EM DEZEMBRO
QUE NÃO EXISTE EM QUALQUER
OUTRO MÊS DO ANO?

 O QUE ANDA DEVAGAR E TEM COMO
CASA UM CASCO DURO PARA MORAR.

 QUAL É O CÚMULO DA PROFISSÃO
DE MÉDICO?

 O QUE É, O QUE É?
UM PONTINHO ROSA NA GARAGEM.

 O QUE É, O QUE É?
DIZEM QUE TEM SETE VIDAS.
QUANDO VÊ UM RATO,
CORRE ATRÁS NO ATO.

 POR QUE AQUELE GAROTO SE NEGA
A BRINCAR DE CABRA-CEGA?

 Respostas: As letras "D" e "Z"; a tartaruga; curar o braço do rio; uma **pinkup** (pickup); o gato; porque tem medo que dê bode.

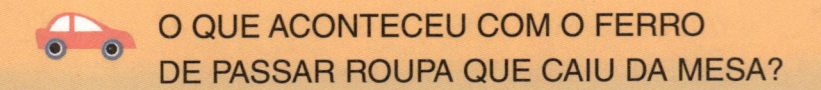

O QUE ACONTECEU COM O FERRO
DE PASSAR ROUPA QUE CAIU DA MESA?

O QUE É, O QUE É?
UM PONTINHO MARROM NO PULMÃO.

QUAL É A SEMELHANÇA ENTRE
UM GALINHEIRO E UMA PESSOA
QUE LEVOU UM TOMBO?

QUAL É A CIDADE MINEIRA QUE
NÃO TEM PROBLEMAS CARDÍACOS?

O QUE É, O QUE É?
CRUSTÁCEO QUE VIVE NA PRAIA.
QUANDO VAI, VEM.
QUANDO VEM, VAI.

O QUE É, O QUE É?
ESTÁ SEMPRE MOLHADA.
NUNCA VAI PARA FORA
QUANDO A BOCA ESTÁ FECHADA.

Respostas: ficou passando mal; uma **bronquite** (bronquite);
ambos têm galo; Três Corações; o caranguejo; a língua.

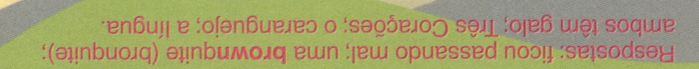

 O QUE É QUE TEM NA ÁGUA E NO SAL,
MAS NÃO TEM NO TEMPERO?

 O QUE É, O QUE É?
UM PONTINHO VERDE NO POLO SUL.

 QUEM TIROU O SÃO BERNARDO DO
CAMPO?

 QUEM É O TIO DA CONSTRUÇÃO?

 O QUE UMA PAREDE PERGUNTOU
PARA A OUTRA?

 POR QUE A ARANHA PRECISA MUITO
DE VOCÊ?

 Respostas: a letra "A"; um pingreen (pinguim); o Juiz de Fora; o "tio Jolo" (tijolo); Vamos nos encontrar no cantinho?; porque é "arac need you" (aracnídeo).

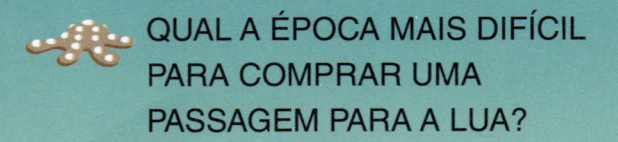 QUAL A ÉPOCA MAIS DIFÍCIL PARA COMPRAR UMA PASSAGEM PARA A LUA?

O QUE É, O QUE É? VÁRIOS PONTINHOS COLORIDOS NO VASO DE PLANTAS.

QUEM JAMAIS SERÁ O PRIMEIRO NA MODALIDADE QUE COMPETE?

O QUE É, O QUE É? TEM UMA BOLSA NA BARRIGA, MORA NA AUSTRÁLIA E VIVE SEMPRE A PULAR.

ONDE O VAMPIRO DEPOSITA SUAS ECONOMIAS?

Respostas: quando a Lua está cheia; os Flower Rangers (Power Rangers); o segundo; o canguru; no banco de sangue.

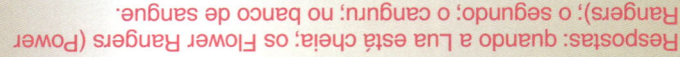

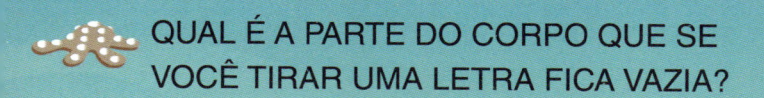

QUAL É A PARTE DO CORPO QUE SE
VOCÊ TIRAR UMA LETRA FICA VAZIA?

O QUE É, O QUE É?
FEITO DE LEITE FERMENTADO,
É AMARELO E FURADINHO.
OS RATOS ADORAM
COMER UM PEDACINHO.

O QUE É, O QUE É?
DOIS PONTINHOS AZUIS NA RUA.

SOMOS TRÊS DE DOZE IRMÃOS,
HABITANDO, SEM MUDAR,
DE QUATRO EM QUATRO,
O MESMO LUGAR.
O MAIS VELHO NUNCA FECHOU,
O DO MEIO AGRADA A TODOS
E O MAIS NOVO ENCERRA O LAR.

Respostas: a boca; se tirar o "B", ela fica "oca"; o queijo; um
blueiraco (buraco) e um **blueiro** (bueiro); abril; agosto e dezembro.

QUAL É A PIOR PARTE DO SONHO E TAMBÉM A MELHOR PARTE DE UM PESADELO?

O QUE É, O QUE É? QUATRO PONTINHOS PASSEANDO NO GRAMADO.

QUAL É A SEMELHANÇA ENTRE A ORQUESTRA E O AUTOMÓVEL?

QUAL É O CÚMULO DA CONFIANÇA?

QUAL A PALAVRA DE SETE LETRAS QUE, SE TIRARMOS CINCO, FICAM ONZE?

POR QUE AS RODAS DO TREM SÃO DE FERRO?

QUAL É A MÃE MAIS BRAVA DO MUNDO?

Respostas: quando a gente acorda; **formigas** (formigas); ambos têm bateria, jogar palitinho pelo telefone; a palavra "ABACAXI"; se tirarmos "abaca", fica o "XI" (onze, em números romanos); porque, se fossem de borracha, apagariam a linha; a eletricidade: mexe nos "fios" dela para você ver.

 QUAL A DIFERENÇA ENTRE
O INSENSATO E O ESPELHO?

 O QUE É, O QUE É?
UM PONTINHO AMARELO
COM QUATRO PONTINHOS AZUIS.

 QUAL É A SEMELHANÇA ENTRE QUEM
MORRE E QUEM VIVE?

 O QUE É, O QUE É?
ELE FAZ SALTOS SENSACIONAIS,
MAS NUNCA ESTEVE EM UMA
OLIMPÍADA.

 QUAL É A DIFERENÇA ENTRE
O AVIADOR E O EXPLOSIVO?

 O QUE ESTÁ SEMPRE ACIMA DO CÉU?

 Respostas: o espelho reflete sem falar, o insensato fala sem refletir; un **yellow**ante (elefante) usando **blue**linas (botinas); quem vive fica na Terra, e quem morre na terra fica; o sapateiro; um voa nos ares e o outro voa pelos ares; o acento agudo.

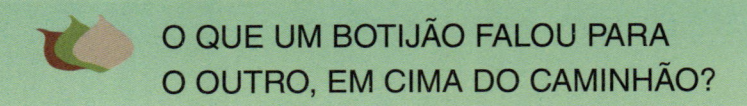 O QUE UM BOTIJÃO FALOU PARA
O OUTRO, EM CIMA DO CAMINHÃO?

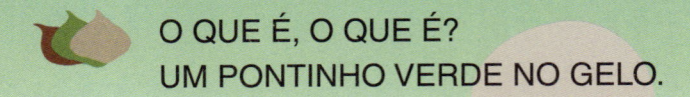 O QUE É, O QUE É?
UM PONTINHO VERDE NO GELO.

QUANDO UMA PESSOA QUERIDA
VAI EMBORA DO NOSSO LAR, QUAL
É A PRIMEIRA COISA QUE ELA FAZ?

QUAL É A DIFERENÇA ENTRE O COCO
E O SUBMARINO?

ONDE A FELICIDADE SEMPRE PODE
SER ENCONTRADA?

O QUE É, O QUE É?
NOME NO DIMINUTIVO,
TEM O CORPO COLORIDO
E PINTINHAS POR TODO LADO.
FICA SEMPRE NO JARDIM
E ANDA PELO GRAMADO.

Respostas: Vamos vazar...; uma azeitona esquiando; falta; o coco tem água dentro e o submarino, fora; no dicionário; a joaninha.

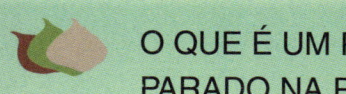 O QUE É UM PONTINHO PELUDO
PARADO NA PRAÇA DA SÉ?

O QUE É, O QUE É?
TODO MUNDO ME CHUTA,
MAS NINGUÉM ME LARGA, NÃO.
SÓ VENÇO A DISPUTA
QUANDO ESCAPO DA MÃO.

QUAL É O SANTO PROTETOR DOS
BANHEIROS?

QUANDO É QUE UM JOGADOR
É DIPLOMATA?

O QUE É, O QUE É?
VERDE, FUI CRIADO.
DOURADO, FUI CORTADO.
DURO, FUI MOÍDO.
BRANCO, FUI AMASSADO.

 QUAL É O NOME DO CARRO QUE ANUNCIA QUE VAI CHOVER?

 QUAL É A SEMELHANÇA ENTRE UM HOMEM PRUDENTE E UM ALFINETE?

 O QUE É, O QUE É?
UM PONTINHO AMARELO PARADO ENQUANTO VÁRIOS PONTINHOS COLORIDOS PASSAM POR ELE.

 O QUE HÁ NO MEIO DO CORAÇÃO?

 O QUE É, O QUE É?
VESTIA ROUPA BRANCA,
ANTES DE NASCER.
VIVE NO GALINHEIRO.
VAI SER GALO OU GALINHA
QUANDO CRESCER.

Respostas: Celta preto; a cabeça impede de ir adiante; o BarchyYellow (Barrichello); a letra A; o pintinho.

 POR QUE O MENINO JOGOU
O RELÓGIO PELA JANELA?

 O QUE SE VÊ TANTO NA LUZ COMO
NO ESCURO?

 O QUE É, O QUE É?
OITO PONTINHOS VERMELHOS
PISCANDO ALTERNADAMENTE.

 QUAL É O CÚMULO DA LERDEZA?

 QUAL É A DIFERENÇA ENTRE
O MERGULHADOR E O CORREDOR?

 O QUE É, O QUE É?
BRANCA DENTRO, MARROM FORA.
FICA EMBAIXO DA TERRA
E TODO ÍNDIO ADORA.

 Respostas: para ver o tempo voar; a letra "U"; uma aranha com tênis de luzinhas; cuidar de duas tartarugas e deixar uma escapar; o mergulhador gosta do mar fundo e o corredor, do "mar a tona" (maratona); a mandioca.

 COMO SE FAZ OMELETE DE CHOCOLATE?

 O QUE É, O QUE É?
UM PONTINHO AMARELO NA PONTA DO POSTE.

 QUAL É O CÚMULO DA DISTRAÇÃO?

 QUAL É A SEMELHANÇA ENTRE UM LIVRO E UMA PARTITURA?

 O QUE É, O QUE É?
SOU UM BICHO DE OITO PATAS.
PARA OUTROS INSETOS PRENDER,
COSTUMO UMA TEIA TECER.

O QUE É, O QUE É?
UM PONTINHO VERMELHO NO MEIO DO RIO.

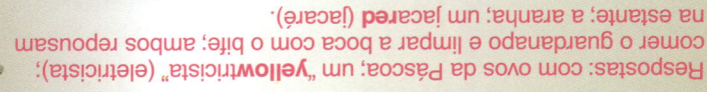
Respostas: com ovos da Páscoa; um "**yellow**tricista" (eletricista); comer o guardanapo e limpar a boca com o bife; ambos repousam na estante; a aranha; um jaca**red** (jacaré).

QUAL É O NOME DA BEBIBA MAIS
ROMÂNTICA?

O QUE É, O QUE É?
UM PONTINHO ROXO NO FUNDO
DA PISCINA.

QUAL É O CÚMULO DA RAPIDEZ?

QUAL É A SEMELHANÇA ENTRE
O POMAR E O CORPO DE BOMBEIROS?

O QUE É, O QUE É?
SEU NOME DUAS PALAVRAS TÊM.
ILUMINA A NOITE COMO SE PISCASSE,
ENQUANTO VAI E VEM.

POR QUE A EQUIPE DE TIRO AO ALVO
LEVOU UM SAPO PARA AS
OLIMPÍADAS?

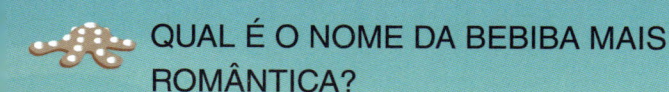

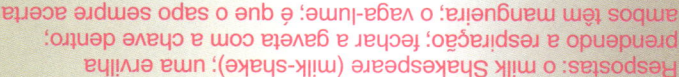
Respostas: o milk Shakespeare (milk-shake); uma ervilha prendendo a respiração; fechar a gaveta com a chave dentro; ambos têm mangueira; o vaga-lume; é que o sapo sempre acerta a mosca.

 O QUE É, O QUE É?
CINCO PONTINHOS PRETOS NO
PALCO CANTANDO E DANÇANDO.

 COMO SE OBRIGA UM HOMEM
A FAZER ABDOMINAIS?

 QUAL É O CÚMULO DO ENGANO?

 QUAL É A DISCIPLINA PREFERIDA
DA VACA?

 O QUE É, O QUE É?
GRÃO DE MILHO QUE, QUANDO
ESQUENTA, LOGO ARREBENTA.
DE COR AMARELA, FICA BRANCO
QUANDO PULA NA PANELA.

 QUAL É O ANIMAL QUE ATRAVESSA
O RIO COM UM BOI NA BOCA?

Respostas: **Blackstreet** (Backstreet) Boys; colocando o controle remoto entre os dedos dos pés; fazer um gol contra e correr para o abraço; a "muuusica"; a pipoca; o carrapato.

O QUE É, O QUE É?
VÁRIOS PONTINHOS AMARELOS NA
PAREDE.

O QUE SEMPRE CAI, MAS NUNCA SE
MACHUCA.

QUAL É A DIFERENÇA ENTRE A CAMISA
E A RUA?

O QUE É, O QUE É?
DUAS IRMÃS GÊMEAS DESPIDAS.
ÀS VEZES, FICAM ENFEITADAS.
UMA NÃO VÊ A OUTRA,
MAS NÃO ANDAM SEPARADAS.

QUANDO É QUE VOCÊ CORRE TÃO
VELOZ QUANTO UM CARRO DE
CORRIDA?

Respostas: Fandangos alpinistas; a chuva; a camisa tem casa
só de um lado; as orelhas; quando você está dentro de um.

 O QUE ACONTECE QUANDO SE
MOLHA PASTEL NO LEITE?

 QUAL É O CÚMULO DO ESQUECIMENTO?

 O QUE É, O QUE É?
UM PONTINHO PRETO NO AZULEJO
DO HOSPITAL.

 O QUE É, O QUE É?
À FEIRA FUI POR ELA E EM CASA
CHOREI COM ELA.

 QUANDO É QUE UM GOLEIRO
ALMOÇA?

 QUAL É A PARTE DA CASA DE QUE
O ATLETA MAIS GOSTA?

Respostas: o leite fica "pastelrizado" (pasteurizado); Ih, esqueci!;
uma **blackteria** (bactéria); a cebola; quando ele engole um
frango; o corredor.

O QUE É, O QUE É?
QUANTO MAIS CURTO FOR,
MAIS RÁPIDO É.

O QUE É, O QUE É?
ALGUNS PONTINHOS PRETOS
NA JANELA DA COZINHA.

QUAL É A DIFERENÇA ENTRE UMA
CONFEITARIA E UM LEQUE FURADO?

O QUE É, O QUE É?
ENTRE OS DENTES FICA ESCONDIDA
E AVISA SE A COMIDA É ARDIDA.

O QUE É QUE CARACTERIZA
O NERVOSO
E O ESTRANGEIRO?

Respostas: o tempo; sujeira; na confeitaria há bananada e o leque
furado não abana nada; a língua; o estrangeiro tem sotaque
e o nervoso, só tique.

 O QUE É, O QUE É?
A DOENÇA QUE MAIS ATINGE OS PNEUS.

 O QUE É, O QUE É?
UM PONTINHO VERMELHO NO MEIO
DA PORTA.

 UMA CASA TEM QUATRO CANTOS.
CADA CANTO TEM UM GATO.
CADA GATO VÊ TRÊS GATOS.
QUANTOS GATOS TEM A CASA?

 O QUE O LIVRO DE MATEMÁTICA
DISSE PARA O LIVRO DE PORTUGUÊS?

 QUANDO É QUE UM GATO
ENTRA NO PORÃO COM QUATRO
PATAS E SAI DE LÁ COM OITO?

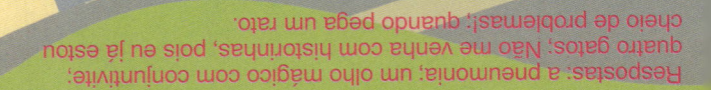 Respostas: a pneumonia; um olho mágico com conjuntivite; quatro gatos; Não me venha com historinhas, pois eu já estou cheio de problemas!; quando pega um rato.

 QUAL A SEMELHANÇA ENTRE A NUVEM
E O CHEFE?

 O QUE É, O QUE É?
UM PONTINHO VERDE NA ESTRADA.

 QUAL É A SEMELHANÇA ENTRE
O ESTADO DO CEARÁ E QUALQUER
LUGAR ONDE HÁ GUERRAS?

 DOIS COCOS CAÍRAM DO PINHEIRO.
QUAL DELES CAIU PRIMEIRO?

 TRÊS HOMENS CAÍRAM EM UM RIO.
POR QUE SÓ DOIS DELES
MOLHARAM O CABELO?

 O QUE UMA FOLHA DE HORTELÃ
DISSE PARA A OUTRA?

 Respostas: quando eles somem, o dia fica lindo; uma lemonsine (limusine); ambos têm fortaleza; nenhum, pois coco não cai de pinheiro; porque um era careca; Não "menta" para mim.

COMO SE FAZ PARA OUVIR UM
MONTE DE PIADAS?

O QUE É, O QUE É?
UM PONTINHO ROSA NO ARMÁRIO.

O QUE É, O QUE É?
AS ORELHAS GIGANTES
DESTACAM SUA GRANDEZA.
A TROMBA E OS DENTES DE MARFIM
AUMENTAM A SUA BELEZA.

"O SÁBIO NÃO SABIA QUE
O SABIÁ SABIA ASSOBIAR."
QUANTAS LETRAS "S" TEM ISSO?

A MÃE DE JANAÍNA TEM CINCO FILHAS:
RUTE, JOANA, RAFAELA, REGINA...
COMO É O NOME DA QUINTA FILHA?

Respostas: é só ficar perto dos pintinhos; um cupink (cupim);
o elefante; "isso" só tem duas letras S; Janaína.

 POR QUE A COCA-COLA E A FANTA
SEMPRE SE DERAM BEM?

 O QUE É, O QUE É?
É UMA AVE QUE NÃO CONSEGUE VOAR.
USA FRAQUE PRETO.
VIVE NO GELO E SABE NADAR.

 O QUE É, O QUE É?
TEM BOCA NA BARRIGA E VIVE
COM A CORDA NO PESCOÇO.

 ONDE O BATMAN CONHECEU O ROBIN?

 TRÊS CAIXAS DE LEITE
ATRAVESSARAM A RUA.
PASSOU UM CARRO E AS ATROPELOU.
POR QUE SÓ DUAS CAIXAS
MORRERAM?

 Respostas: porque, se a Fanta quebra, a Coca Cola; o pinguim; o violão; no "bat-papo"; porque uma era longa vida.

 O QUE É, O QUE É?
ESTÁ CERTO, MESMO SENDO TORTO.

 QUAL É O NOME MAIS APROPRIADO
PARA UMA PSICANALISTA?

 O QUE É, O QUE É?
TEM CHAPÉU VERMELHO
E ESPORAS DE AÇO.
NO GALINHEIRO,
É QUEM CANTA PRIMEIRO.

 O QUE O CLIPE DISSE PARA O ÍMÃ?

O QUE É, O QUE É?
É PEQUENINA
E TRABALHA SEM PARAR.
UM PESO MUITO GRANDE
ELA CONSEGUE CARREGAR.

Respostas: O gancho; Ana Lisa; o galo; Você é muito atraente!;
a formiga.

 QUAL LUGAR DA CASA QUE ESTÁ
SEMPRE COM PRESSA?

 O QUE É, O QUE É?
UM PONTINHO AZUL TREMENDO.

 QUAL É A DIFERENÇA ENTRE O ESTADO
DO PARANÁ E UMA AGULHA?

 O QUE É, O QUE É?
DE DIA, TE SEGUE.
DE NOITE, SE ESCONDE.

 O QUE É, O QUE É?
NÃO TEM CABELO NA CABEÇA, MAS
QUANDO ENVELHECE FICA CARECA.

 O QUE UM ELEVADOR DISSE PARA
OUTRO?

Respostas: o corredor; alguém sem **blusa** (blusa) de frio; o
Paraná tem Ponta Grossa e a agulha, ponta fina; a sombra;
o pneu; Já fizemos muita gente subir na vida.

 QUAL É O CARDÁPIO PREDILETO DO
CANIBAL VEGETARIANO?

 QUAL É O NOME MAIS APROPRIADO
PARA UM BALCONISTA DE
LANCHONETE?

 O QUE É, O QUE É?
A MÃE É VERDE.
A FILHA É ENCARNADA.
A MÃE É MANSA E A FILHA É DANADA.

 O QUE É, O QUE É?
VIVE CHORANDO ATÉ MORRER.

 O QUE O TIJOLO FALOU PARA A TIJOLA?

 O QUE UM POSTE DISSE PARA
O OUTRO?

 QUAL É O CÃO VIDENTE?

Respostas: a planta do pé e a batata da perna; Olavo Pires;
a pimenteira e a pimenta; a vela; Há um ciumento (cimento) entre
nós; Essa "fiarada" toda é sua?; o cão guru.

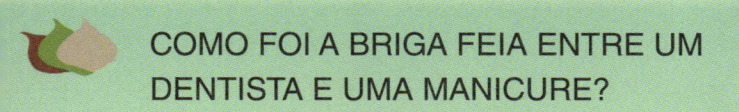 COMO FOI A BRIGA FEIA ENTRE UM
DENTISTA E UMA MANICURE?

 O QUE O KETCHUP DISSE PARA O SAL?

O QUE É, O QUE É?
QUANTO MAIS CLARO,
MAIS DIFÍCIL DE VER.

O QUE UMA IMPRESSORA DISSE PARA
OUTRA IMPRESSORA?

O QUE É, O QUE É?
SOU UMA AVE BONITA.
TENTE MEU NOME ESCREVER.
LEIA DE TRÁS PARA FRENTE.
O MESMO NOME IRÁ VER.

QUAL É A SEMELHANÇA ENTRE
O VOLANTE E O ANEL?

 QUAL É A MOEDA QUE É CAMPEÃ
BRASILEIRA DE FUTEBOL?

 QUEM É O REI DA HORTA?

 QUAL É O CÚMULO DO BASQUETE?

 QUAL É O FIM DA PICADA?

 O QUE É, O QUE É?
TEM BOCA, MAS NÃO TEM DENTES.
CHAMA A ATENÇÃO DE MUITA GENTE.

 O QUE É, O QUE É?
É DE GRAÇA, MAS QUEM QUER VER
TEM QUE PAGAR.

 O QUE É, O QUE É?
DEIXA O JARDIM MAIS BELO,
O DOCE MAIS GOSTOSO
E O ROSTO FEIO.

Respostas: o Cruzeiro; o "rei Polho" (repolho); jogar na sexta (cesta) e acertar no sábado; quando o pernilongo vai embora; o sino; o trabalho do palhaço; o cravo.

 QUAL A BRINCADEIRA PREDILETA
DOS TÍMIDOS?

 O QUE É, O QUE É?
DE TANTAS PATAS QUE TEM, SE ELA
FOSSE USAR SAPATOS, SERIAM CEM.

 POR QUE O VISITANTE, AO OUVIR
O COCHICHO DA DONA DE CASA PARA
O MARIDO, PENSOU QUE ELE
FOSSE UM CONSTRUTOR?

 O QUE É, O QUE É?
NASCE A SOCOS E MORRE A FACADAS.

 O QUE É, O QUE É?
TEM APENAS SEIS LETRAS,
MAS LEVA TRINTA E SEIS ASSENTOS.

 Respostas: esconde-esconde; a centopeia; porque ela disse para ele fazer sala; o pão; o ônibus.

 O QUE UM CROMOSSOMO DISSE
PARA O OUTRO?

 O QUE O BOI FOI FAZER NO LAGO?

O QUE É, O QUE É?
EM UM PONTO EU COMEÇO.
EM UM PONTO HEI DE ACABAR.
MESMO QUE DIGA MEU NOME INTEIRO,
SÓ METADE DIRÁ.

 O QUE É, O QUE É?
JOGAMOS FORA QUANDO PRECISAMOS
E PEGAMOS DE VOLTA QUANDO NÃO
 QUEREMOS MAIS.

EU SOU EU, QUANDO VOCÊ NÃO SABE
QUEM SOU EU. MAS, QUANDO VOCÊ
SABE QUEM EU SOU, EU NÃO SOU.
QUEM SOU EU?

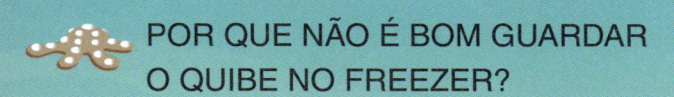 POR QUE NÃO É BOM GUARDAR
O QUIBE NO FREEZER?

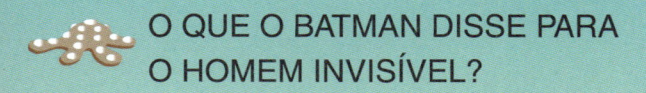 O QUE O BATMAN DISSE PARA
O HOMEM INVISÍVEL?

SÃO SETE IRMÃOS.
CINCO TÊM SOBRENOME E DOIS NÃO.
QUEM ELES SÃO?

QUAL É O NOME MAIS APROPRIADO
PARA O BATERISTA DA BANDA DE ROCK?

POR QUE O PORCO NÃO GOSTA
DO MECÂNICO?

QUAL É A DIFERENÇA ENTRE UMA
SAPATARIA E UM FORNO?

O QUE É QUE SE ALIMENTA
DE LÉGUAS?

Respostas: porque lá dentro ele "esfria" (esfria); Há quanto
tempo não o vejo!; os dias da semana; Edson Fortes; porque ele
aperta a porca; nela há sapato, nele assa pato; o papa-léguas.

 QUAL FOI O JOGADOR DE FUTEBOL QUE DESAPARECEU COM A INFLAÇÃO?

 O QUE É, O QUE É? QUANDO UMA VAI, A OUTRA PARTE EM SEGUIDA.

 QUAL É O NOME DO CONFEITEIRO CHINÊS?

 QUAL É A PIOR COISA QUE PODE ACONTECER PARA UM PEIXE DE ÁGUA DOCE?

 QUEM É A MÃE DO MINGAU?

 A LARANJA FOI AO MÉDICO COM TOSSE SECA E FEBRE. QUAL O DIAGNÓSTICO?

Respostas: Tostão; a perna; Chanti Lee; ser diabético; a "mãe Zena" (maisena); "laranjite" (laringite).

 QUANDO É QUE UM AGRICULTOR
FICA DE CABEÇA PARA BAIXO?

 QUAL É O ESTADO QUE VAI DOS
NÚMEROS RACIONAIS AOS
IRRACIONAIS?

 QUAL É A ATRIZ QUE ADORA
CARBOIDRATOS?

 O QUE É QUE CHEGA À FRENTE
DA SUA CASA, MAS NÃO ENTRA?

 COM O QUE SE PARECE A METADE
DE UMA MAÇÃ?

 QUAL É A SEMELHANÇA ENTRE
O COBERTOR DE LÃ NO VERÃO
E UM TREM ANDANDO?

Respostas: quando planta bananeira; Pi ao I (Piauí); Juliana
Páes (Paes); a calçada; com a outra metade; os dois
estão fora da estação.

 QUAL É A DIFERENÇA ENTRE O BEBÊ
E O CARPINTEIRO?

 QUAL É A DIFERENÇA ENTRE
O BRINDE E O PRÊMIO?

 QUAL A ATRIZ PREFERIDA DAS
ABELHAS PORTUGUESAS?

 QUAL É O LUGAR IDEAL PARA
UM JOGADOR DE FUTEBOL PASSAR
AS FÉRIAS?

 QUAL É A DIFERENÇA ENTRE
O SOL E A MATA?

 O QUE É, O QUE É?
O PRATO PREFERIDO DOS GULOSOS.

 O QUE É, O QUE É?
DESCE SORRINDO E SOBE CHORANDO.

 Respostas: o bebê gosta de mamadeira e o carpinteiro não gosta de má madeira; o brinde é promoção, o prêmio é pro mocinho; Mel Lisboa; no campo; o Sol dá a luz e a mata, a cobra, o prato cheio; o balde quando vai pegar água do poço.

 QUAL É A DIFERENÇA ENTRE
O CAVALO E O PALHAÇO?

 QUAL A MAIOR ALEGRIA DA BOLA?

 O QUE É, O QUE É?
EU TENHO UM E TU TAMBÉM,
MAS ELES NÃO TÊM.

 QUAL É A SEMELHANÇA ENTRE
O RICO E A CAMISOLA?

 O QUE É, O QUE É?
SE EU FOR AO SEU, VOCÊ NÃO VAI
AO MEU. E, SE VOCÊ FOR AO MEU,
EU NÃO VOU AO SEU.

 QUAL É A SEMELHANÇA ENTRE A RUA
E A CAMISA.

Respostas: o cavalo gosta de palha fria e o palhaço, de palhaçada (palha assada); quando a elogiam, ela fica toda cheia; a letra U; ambos têm renda; velório; as duas têm casas.

 QUAL É A MISTURA DE UM PORCO
ESPINHO E UMA COBRA?

 QUAL É O NOME MAIS APROPRIADO
PARA UMA FABRICANTE
DE BICHINHOS?

O QUE É, O QUE É?
A GENTE SEMPRE FAZ EM NÚMEROS
ROMANOS.

O QUE É, O QUE É?
É DURO E SEGURA O MOLE.
O MOLE SEGURA O TORTO.
O TORTO SEGURA O MORTO.
E O MORTO ESPERA O VIVO.

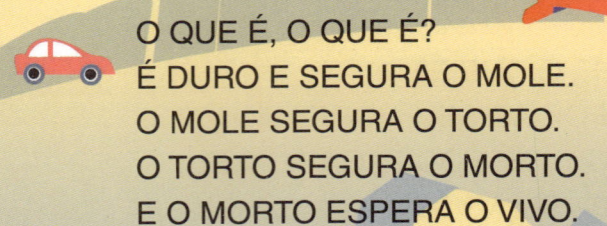

QUAL É O NOME MAIS APROPRIADO
PARA UM MOTORISTA DE TÁXI?

QUEM É O DONO DA HORTA?

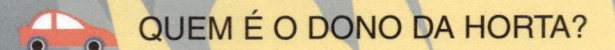

 QUAL É O NOME DO SITE MAIS LIMPINHO DA INTERNET?

 QUAL É O NOME MAIS APROPRIADO PARA UM CONFEITEIRO?

 QUAL É A PANELA QUE VOCÊ USA QUANDO ESTÁ TRISTE?

 POR QUE O CAMINHÃO DO FRIGORÍFICO NÃO CONSEGUE SUBIR A LADEIRA?

 POR QUE A FAXINEIRA NÃO LUTA CARATÊ?

 QUAL O ALIMENTO QUE TEM MUITO DINHEIRO?

 O QUE É, O QUE É? UM PONTINHO MARROM NA PRÉ-HISTÓRIA.

Respostas: o sabo.net; Oscar A. Melo; de pressão (depressão); porque "linguiça" (ele enguiça); porque ela já luta "capoeira" (com a poeira); manjericão ("manje ricão"); Um **brontossauro** (prontossauro)

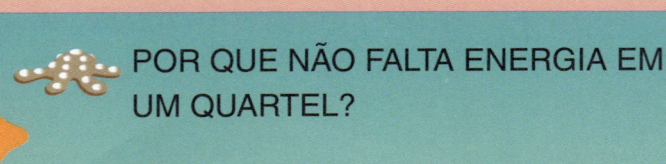

POR QUE NÃO FALTA ENERGIA EM UM QUARTEL?

QUAL O ESTADO MAIS ENGRAÇADO DO BRASIL?

QUAL O ESPORTE QUE O ESQUIMÓ MAIS GOSTA DE PRATICAR?

QUAL É O NOME MAIS APROPRIADO PARA O DONO DE UMA CONCESSIONÁRIA?

O QUE ACONTECEU QUANDO O DONO DA FABER CASTELL MORREU?

O QUE ACONTECE COM OS GENES QUE VIOLAM A LEI?

O BOI LEVOU A VACA AO RESTAURANTE. QUEM PAGOU A CONTA?

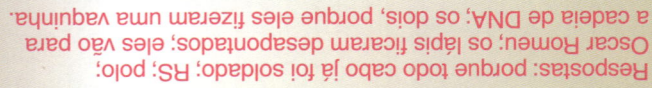

Respostas: porque todo cabo já foi soldado; RS; polo; Oscar Romeu; os lápis ficaram desapontados; eles vão para a cadeia de DNA; os dois, porque eles fizeram uma vaquinha.

O QUE É, O QUE É?
QUANTO MAIS LAVO, MAIS SUJA VOU.

O QUE A SEGUNDA-FEIRA FALOU PARA
A SEXTA-FEIRA?

O QUE É, O QUE É?
NA CASA, ESTÁ SEMPRE NO MESMO
LUGAR. NO MUNDO, MUDA DE
ENDEREÇO DE QUATRO EM QUATRO
ANOS.

O QUE É QUE A FORMIGA TEM MAIOR
QUE O LEÃO?

O QUE É, O QUE É?
SOMENTE O BRASIL PRODUZ,
E NENHUM OUTRO PAÍS SABE FAZER.

O QUE TEM ASAS, MAS NÃO VOA?

 O QUE O NÚMERO DOIS FALOU PARA O NÚMERO NOVE?

 QUANTAS OVELHAS SÃO NECESSÁRIAS PARA FAZER UM CASACO DE LÃ?

 POR QUE O ABOMINÁVEL HOMEM DAS NEVES NÃO GANHOU NA LOTERIA?

 O QUE UM ESQUELETO CAIPIRA DISSE PARA O OUTRO?

 RESPONDA DEPRESSA, NÃO SEJA BOCÓ, TEM NO POMAR E NO SEU PALETÓ.

 EM UMA LUTA ENTRE A FITA ISOLANTE E A FITA CREPE, QUEM É O VENCEDOR?

 O QUE A PETECA FALOU PARA A GALINHA?

Respostas: Você é grande, mas não é dois!; só uma, desde que ela saiba tricotar; porque ele é pé-frio; Ô, sô!; a manga; a fita isolante, porque ela é faixa preta; Tenho pena de você!

 POR QUE O POLICIAL NÃO GOSTA
DE SABÃO EM PÓ?

 TODOS FICAM EM CIMA.
UNS DESLIZAM, OUTROS NÃO.
TEM MUITOS PÉS DURANTE O INVERNO
E QUASE NENHUM NO VERÃO.

 O QUE A OVELHA MAIS NOVA DISSE
PARA A OVELHA MAIS VELHA?

 QUAL A DIFERENÇA ENTRE O MARTELO
E A TESOURA?

 O QUE A MAMÃE GARÇA DISSE PARA
A SUA FILHOTINHA?

 POR QUE O CHUVEIRO NÃO ENTROU
PARA O EXÉRCITO?

 O QUE FOI QUE UM RATO
BRASILEIRO FALOU PARA UM RATO
AMERICANO?

Respostas: porque ele gosta de "deter gente"; um lago de patinação; O, velha!; o martelo é "pro pino" e a tesoura é "pro pano"; Você é uma "garcinha"!; porque ele não passou no teste de resistência; "**Come on**, Dongo" (camundongo).

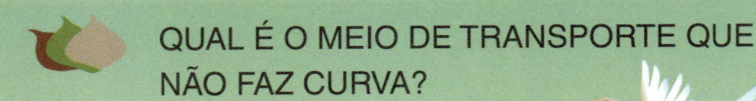 QUAL É O MEIO DE TRANSPORTE QUE NÃO FAZ CURVA?

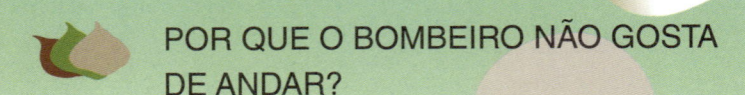 POR QUE O BOMBEIRO NÃO GOSTA DE ANDAR?

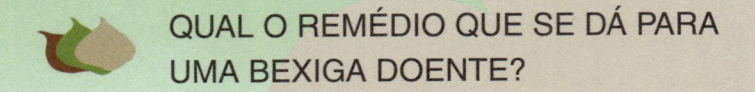 QUAL O REMÉDIO QUE SE DÁ PARA UMA BEXIGA DOENTE?

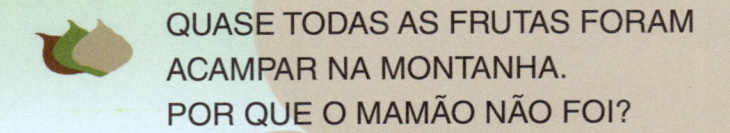 QUASE TODAS AS FRUTAS FORAM ACAMPAR NA MONTANHA. POR QUE O MAMÃO NÃO FOI?

QUAL A CIDADE ESPANHOLA TEM UM CÔMODO TODO TORTO?

UMA MULHER TEM 30 REAIS PARA DIVIDIR ENTRE SUAS DUAS FILHAS. QUE HORAS SÃO?

Respostas: o elevador, porque ele "só corre" (socorre); ar comprimido; porque ele foi "papaia" (para a praia); Salamanca; 15 para as duas.

 POR QUE O PORCO ANDA DE CABEÇA BAIXA?

 O QUE UM BONÉ DISSE PARA VÁRIOS BONÉS?

 QUEM É QUE VIVE DE MÃO EM MÃO LEVANDO TAPAS E AINDA FAZ DISSO UM ESPORTE?

 POR QUE DOIS OCULISTAS DISCUTEM?

 POR QUE O ELEFANTE É CINZA, GRANDE E ENRUGADO?

 QUEM É MAIS VELHO: A LUA OU O SOL?

 O QUE DIZ UM OURIÇO QUANDO SE ENCONTRA COM UM CACTO?

Respostas: porque a mãe dele é uma porca; Muito "bom, né?" (boné); a peteca; porque cada um quer defender seu ponto de vista; porque, se ele fosse branco, pequeno e liso, seria uma aspirina; a Lua, porque ela pode sair de noite; E você, papai?.

 POR QUE A CAMINHONETE DA
IGREJA BATEU?

 POR QUE O PINHEIRO NÃO SE PERDE
NA FLORESTA?

 QUAL É A COISA MAIS DURA QUANDO
SE ESTÁ APRENDENDO A ANDAR
DE BICICLETA?

 ATÉ ONDE UM CACHORRO ENTRA
EM UMA MATA FECHADA?

 UM FRANGO JÁ ESTÁ PRONTO PARA
COMER COM DUAS SEMANAS DE VIDA?

 POR QUE UMA MULHER IDOSA
NÃO PRECISA DE RELÓGIO?

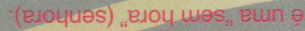

 Respostas: porque ela estava sem "frei" (freio); porque ele tem
"um mapinha" (uma pinha); o chão; até o meio da mata, depois do
meio já está saindo; claro, senão ele morreria de fome; porque ela
é uma "sem hora" (senhora).

 QUAL É A BRINCADEIRA PREFERIDA
DE SATURNO?

 SE UMA CRIANÇA GANHA 5 REAIS DO
PAI E DEPOIS MAIS 5 REAIS DA MÃE,
ELA FICA COM...

 QUAL É O CONTRÁRIO DE VOLÁTIL?

 O QUE É, O QUE É?
OCEANO QUE ESTÁ SEMPRE NA BOA.

 POR QUE A PLANTINHA NÃO PODE IR
AO MÉDICO DE MADRUGADA?

 O QUE É, O QUE É?
DOIS HOMENS DANDO PERNADAS
E CHAMANDO POEIRA.

Respostas: passa anel; ... tente (contente); vem cá, sobrinho;
o Oceano Pacífico; porque só tem médico de plantão; Vem "cá,
poeira" (capoeira).

POR QUE O SAPO GOSTA DE ENTRAR NO COMPUTADOR?

 O QUE É UMA MOLÉCULA?

 QUAL O ANIMAL QUE PULA MAIS ALTO QUE UM PRÉDIO?

 O QUE É QUE NA CARA É ENFEITE E NO FOGO É GOSTOSO?

 POR QUE OS MÍOPES NÃO PODEM IR AO ZOOLÓGICO?

 SOMOS TODOS IRMÃOS E MORAMOS NA MESMA RUA. QUANDO UM ERRA SUA CASA, TODOS OS OUTROS ERRAM A SUA. QUEM SOMOS?

Respostas: para namorar a memória rã (RAM); é uma "meninola" muito "sapécula"; todos, pois prédio não pula; a costeleta; porque eles usam lente "divergente", não de ver bicho; os botões da camisa.

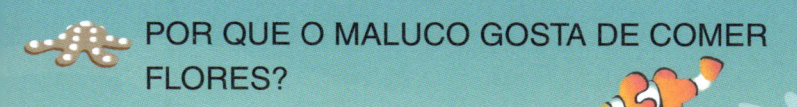 POR QUE O MALUCO GOSTA DE COMER FLORES?

POR QUE O SUPER MARIO FOI AO PSIQUIATRA?

O QUE O POSTE FALOU PARA O CÃO?

O QUE O RATO DISSE QUANDO VIU O MORCEGO?

O QUE O CADARÇO FALOU PARA O TÊNIS?

QUANDO É QUE UM JOGADOR DE VÔLEI SE PARECE COM UM PEIXINHO?

O QUE É QUE TRABALHA NO BANCO E NÃO É BANCÁRIO. SÓ GANHA SE FOR ESCALADO.

Respostas: para enfeitar os vasos sanguíneos; porque ele estava numa fase muito difícil; Não adianta regar que eu não cresço mais; Anjos existem!; Me amarro em você; quando sobe na rede; o jogador de futebol reserva.

 O QUE É, O QUE É?
DOIS PONTINHOS AZUIS E UM VERDE.

 QUE HORAS SÃO QUANDO UM
ELEFANTE SENTA EM CIMA DE SEU
CARRO?

 O QUE O PONTEIRO GRANDE DO
RELÓGIO DISSE PARA O PONTEIRO
PEQUENO?

 EM QUE LUGAR A MOSCA É MAIOR
DO QUE O BOI?

 QUAL É O ANIMAL PREFERIDO
DO VAMPIRO?

 QUAL A PALAVRA DE OITO LETRAS QUE,
TIRANDO DUAS, CONTINUA QUINZE?

 O QUE O PRÉDIO FALOU PARA A PRÉDIA?

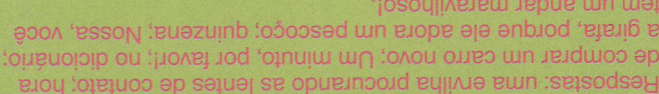
Respostas: uma ervilha procurando as lentes de contato; hora de comprar um carro novo; Um minuto, por favor!; no dicionário; a girafa, porque ele adora um pescoço; quinzena; Nossa, você tem um andar maravilhoso!

 O QUE É QUE SE ENCONTRA SEMPRE
NO FINAL DO TÚNEL?

 O QUE É, O QUE É?
NÃO ANDA, MAS PODE CIRCULAR NO
MUNDO INTEIRO.

 O QUE É, O QUE É?
TEM RAIZ, MAS NÃO É PLANTA.

 O QUE TEM NO FINAL DO INFINITO?

 QUEM INVENTOU A FILA?

 O QUE É, O QUE É?
NÃO É DE COMER, MAS DÁ ÁGUA
NA BOCA.

 QUAL É A PRIMEIRA COISA QUE UM
ATLETA FAZ DE MANHÃ,
QUANDO SAI AO SOL?

 Respostas: a letra "L"; a notícia; o cabelo; a letra "O"; as formigas;
o copo; sombra.

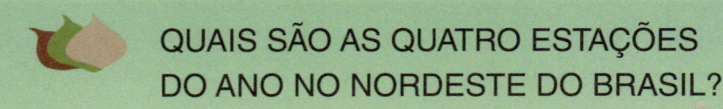 QUAIS SÃO AS QUATRO ESTAÇÕES
DO ANO NO NORDESTE DO BRASIL?

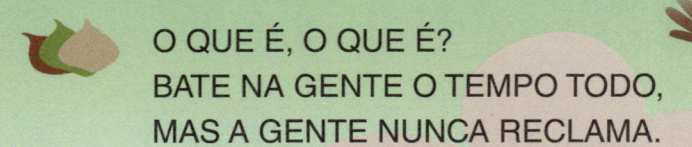 O QUE É, O QUE É?
BATE NA GENTE O TEMPO TODO,
MAS A GENTE NUNCA RECLAMA.

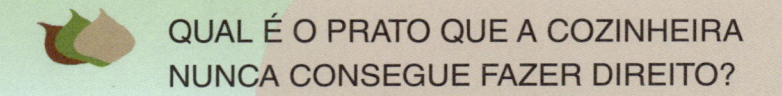 QUAL É O PRATO QUE A COZINHEIRA
NUNCA CONSEGUE FAZER DIREITO?

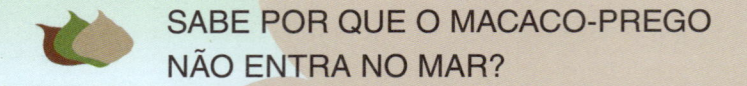 SABE POR QUE O MACACO-PREGO
NÃO ENTRA NO MAR?

O QUE É QUE NASCE VERDE, VIVE
PRETO E MORRE VERMELHO.

O QUE É QUE USAMOS NO PÉ
E O TIME DE FUTEBOL USA NA LINHA?

COMO SE FAZ PARA O SUCO VIRAR
COBRA?

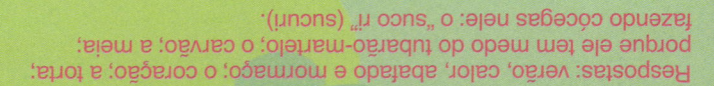

Respostas: verão, calor, abatido e mormaço; o coração; a torta;
porque ele tem medo do tubarão-martelo; o carvão; a meia;
fazendo cócegas nele: o "suco ri" (sucuri).

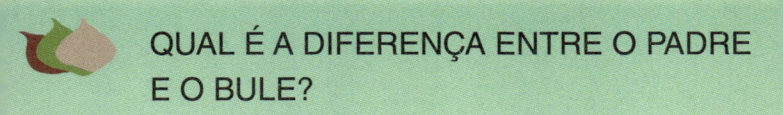

QUAL É A DIFERENÇA ENTRE O PADRE
E O BULE?

O QUE UM CÃO PENSA QUANDO
VÊ UMA ÁRVORE DE NATAL?

POR QUE NA ARGENTINA AS VACAS
VIVEM OLHANDO PARA O CÉU?

O QUE É, O QUE É?
TEM ESMALTE, MAS NÃO É MANICURE.
TEM RAIZ, MAS NÃO É PLANTA.
TRABALHA NO ALMOÇO,
NO LANCHE E NA JANTA.

O QUE É SURDO, MUDO E CEGO, MAS
SEMPRE DIZ A VERDADE?

O QUE É, O QUE É?
TODOS DIZEM SER VERDE, MAS
QUANDO TIRA A ROUPA É AMARELO.

Respostas: o padre é de muita fé e o bule, de "pó café";
Finalmente colocaram luz no banheiro!; para ver "boi nos ares."
(Buenos Aires); o dente; o espelho; o milho.

 O QUE É QUE UM CUPIM DISSE PARA
OUTRO CUPIM?

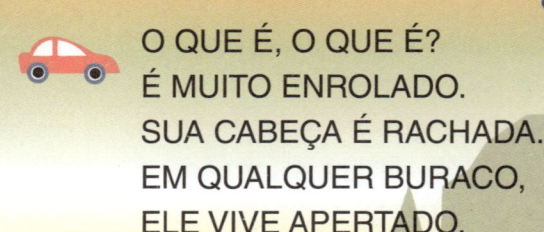

 O QUE É, O QUE É?
É MUITO ENROLADO.
SUA CABEÇA É RACHADA.
EM QUALQUER BURACO,
ELE VIVE APERTADO.

 O QUE É, O QUE É?
GASTA SAPATO, MAS NÃO ANDA.

 O QUE É, O QUE É?
TEM ASA, MAS NÃO VOA.
TEM BICO, MAS NÃO BICA.
TEM CHAPÉU, MAS NÃO TEM CABEÇA.
NÃO TEM LENHA, MAS FAZ FUMAÇA.

 O QUE O ELÉTRON DIZ PARA O NÊUTRON
QUANDO ATENDE AO TELEFONE?

 QUAL É O NOME DA IRMÃ DO GARFIELD?

 Respostas: Me dá um cupim (copinho) de água?; o parafuso; o chão; a chaleira; Próton!; Colherfield.

 POR QUE O PATO TEM MUITA INVEJA
DO CACHORRO?

 O QUE É, O QUE É?
SOU O INÍCIO DO CHUVEIRO
E O FINAL DO BALÉ.
NINGUÉM SUPORTA O CHEIRO
QUANDO NÃO LAVA O PÉ.

 O QUE É QUE O MAU ALUNO
E O GRAVADOR VIVEM FAZENDO?

 O QUE É, O QUE É?
SE VÊ UMA VEZ EM UM MINUTO,
DUAS VEZES EM UM MOMENTO
E NUNCA EM UM ANO.

 QUAL É O MÊS DO ANO QUE TEM
VINTE E OITO DIAS?

 COMO SE FAZ PARA TRANSFORMAR
UM GIZ EM UMA COBRA?

Respostas: porque ele tem quatro patas; o chulé; repetindo;
a letra "M"; todos têm no mínimo 28 dias, e alguns têm 30 ou 31;
é só colocar em um copo de água: o "giz boia". (jiboia).

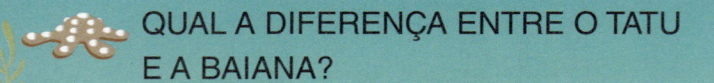 QUAL A DIFERENÇA ENTRE O TATU
E A BAIANA?

O QUE É, O QUE É?
QUANDO PARTI, LEVEI COMIGO ALGO
TÃO LINDO QUE TAMBÉM FICOU
CONTIGO.

QUAL É A COMIDA QUE LIGA E DESLIGA?

POR QUE O MALUCO LEVOU O FERRO
PARA A ESCOLA?

POR QUE O PEIXE NÃO JOGA TÊNIS?

O QUE É, O QUE É?
QUANDO SE DÁ, FICA-SE COM ELA.
QUANDO NÃO SE DÁ, FICA-SE SEM ELA.

SE UM GALO BOTAR UM OVO EM CIMA
DO MURO, DE QUEM SERÁ O OVO?

 Respostas: o tatu faz buraco e a baiana vatapá; a saudade; "strog-on-off" (strogonoff); porque ele queria passar de ano; para não ficar perto da rede; a amizade; de ninguém, pois galo não bota ovo.

QUAL É A PARTE MAIS VELHA
DE UM AUTOMÓVEL?

O QUE É, O QUE É?
UMA VEZ PERDIDO, NUNCA MAIS PODE
SER RECUPERADO.

O QUE É, O QUE É?
NÃO VIVE FAZENDO PALHAÇADAS,
MAS PÕE TODO MUNDO PARA RIR.

O QUE TODOS SABEM ABRIR, MAS
NINGUÉM SABE FECHAR?

O QUE É, O QUE É?
SERVE PARA CHAMAR, MAS, SE
BOBEAR, ELE TOMA O SEU LUGAR.

O QUE É, O QUE É?
É MUDO E SURDO, MAS, PASSO
A PASSO, ACABA CONTANDO TUDO.

 O QUE A CARTEIRA FALOU PARA
O PÃO-DURO?

 QUAL É O PÉ MAIS APRECIADO PELAS
CRIANÇAS?

 O QUE É, O QUE É?
TEM RABO QUE BALANÇA.
É DE SEDA, MAS NÃO VESTE.
TEM NARIZ EMPINADO
E TODA CRIANÇA DIVERTE.

 O QUE A GARRAFA DE VIDRO FALOU
PARA A ÁGUA?

 POR QUE O PIRATA SÓ PODE ASSISTIR
À METADE DE UM FILME?

 O QUE É, O QUE É?
SOU MAIS LEVE DO QUE UMA PLUMA,
MAS NEM MIL HOMENS
PODEM ME SEGURAR.

 Respostas: Tô contigo e não abro!; o pé de moleque; a pipa;
Estou cheia de você!; porque ele usa tapa-olho; a bolha de sabão.

O QUE É, O QUE É?
QUANDO A CHUVA CAI, ELE SOBE.

O QUE É, O QUE É?
SOU DEMAIS PARA UM, BASTANTE
PARA DOIS E NADA PARA TRÊS.

O BATMAN VESTIU SEU BAT SAPATO
E SEU BAT TERNO. AONDE ELE FOI?

O QUE O FÓSFORO DISSE PARA A CAIXA?

POR QUE A TELEVISÃO PRECISOU IR
AO DENTISTA?

ELE SALGA DE MONTÃO
E NELA ENCHE UM PUNHADO.
UM E OUTRA, EM UNIÃO,
DÃO NOME A ESTE PEIXE SALGADO.

Respostas: o guarda-chuva; o segredo; ao batizado; Por você, eu
perco a cabeça!; para fazer um tratamento de canal; sal + mão
(salmão).

 QUANDO É QUE UM CHATO NÃO
MOLHA OS PÉS?

 O QUE É, O QUE É?
TEM PÉ DE VACA, RABO DE BOI
E PEITO DE FRANGO.

 O QUE É GRANDE NO BRASIL
E PEQUENA EM LISBOA?

 O QUE O PADEIRO FALOU PARA
O JOHN LENNON?

 QUATRO PEDRAS DE 1 QUILO
DENTRO DA ÁGUA CAÍRAM.
DUAS DELAS FORAM AO FUNDO
E DUAS SUBIRAM.
POR QUÊ?

 O QUE É, O QUE É?
PODE ENCHER UMA SALA,
MAS NÃO PODE ENCHER UMA COLHER.

Respostas: quando é chato de galocha; o açougueiro; A letra b;
Brasil e Lisboa; O sonho acabou!; duas eram pedras de gelo;
a fumaça.

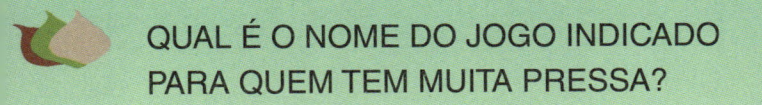

QUAL É O NOME DO JOGO INDICADO
PARA QUEM TEM MUITA PRESSA?

QUAL É A SEMELHANÇA ENTRE
O PROFESSOR E O TERMÔMETRO?

COMO VOCÊ CHAMA UM PINGUIM
COM UMA RAQUETE PEQUENA NA MÃO?

ME DIGA BEM LIGEIRO,
SEM O RISCO DE ERRAR,
QUEM É O PAI MANEIRO
DOS FILHOS DE SEU EDGAR?

O QUE É, O QUE É?
PERCORRE A ESCADA DE CIMA
ABAIXO SEM SAIR DO LUGAR.

O QUE É, O QUE É?
COM "M" NÃO É DURO,
COM "F" PRODUZ VENTO
E COM "G" É UMA TRAGADA.

Respostas: paciência; algumas vezes eles dão zero;
"pinguim-pongue" (pingue-pongue); Edgar; o corrimão; mole,
fole e gole.

 QUAL É O ÚNICO TIPO DE HOMEM
QUE TEM MAIS CABEÇAS?

 O QUE É, O QUE É?
CANTA, MAS NÃO ABRE A BOCA.
CORRE, MAS NÃO TEM PERNAS.
TODOS SENTEM QUANDO ELE CHEGA,
MAS NINGUÉM VÊ, NEM NUNCA VERÁ.

 QUAL É A COR QUE FAZ BARULHO?

 O QUE É, O QUE É?
QUANDO É JOGADA PARA CIMA,
É VERDE. QUANDO CAI, É VERMELHA.

 O QUE UM SABÃO DIZ PARA O OUTRO
COM QUEM BRIGOU, QUANDO ELE
QUER SE RECONCILIAR?

 QUAIS SÃO AS TRÊS FERRAMENTAS
PREFERIDAS DO GAÚCHO?

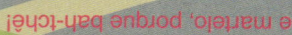

 Respostas: o criador de gados; o vento; a "cor neta" (corneta);
a melancia; Vamos lavar a roupa suja?; serro-tchê, alica-tchê
e martelo, porque bah-tchê!

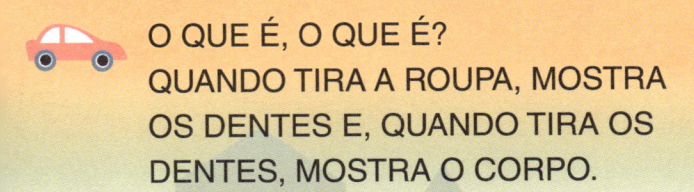

O QUE É, O QUE É?
QUANDO TIRA A ROUPA, MOSTRA
OS DENTES E, QUANDO TIRA OS
DENTES, MOSTRA O CORPO.

QUAL A DIFERENÇA ENTRE A CALÇA
E A BOTA?

NOS JARDINS ABANDONADOS
POR CULPA DE CERTOS SENHORES
ELES FICARAM DESEMPREGADOS.
QUEM SÃO ELES?

COMO SE CHAMA O LANCHE FAVORITO
DO PASTOR ALEMÃO?

O QUE É, O QUE É?
NAS MÃOS DAS DAMAS,
QUASE SEMPRE ESTOU METIDO.
ALGUMAS VEZES ESTICADO,
E OUTRAS VEZES ENCOLHIDO.

Respostas: o milho; a calça a gente bota e a bota a gente calça; os beija-flores; o cachorro-**crente**; o leque.

 O QUE É, O QUE É?
VOCÊ SEGURA COM A MÃO ESQUERDA,
MAS NÃO CONSEGUE SEGURAR COM
A MÃO DIREITA.

COMO DIZER OS CINCO DIAS DA
SEMANA SEM FALAR SEGUNDA-FEIRA,
TERÇA-FEIRA, QUARTA-FEIRA,
QUINTA-FEIRA E SEXTA-FEIRA?

O QUE É, O QUE É?
O JOGADOR DE FUTEBOL GOSTA
DE USAR E O PILOTO DE AVIÃO
FAZ DE TUDO PARA NÃO DEIXAR CAIR.

O QUE É, O QUE É?
UM ANIMAL QUE SEMPRE APARECE DE
SURPRESA NOS JOGOS DE FUTEBOL.

QUE HORAS SÃO QUANDO O RELÓGIO
BATE 13 HORAS?

 Respostas: o cotovelo direito; ontem, antes de ontem, hoje,
amanhã e depois de amanhã; o bico; a zebra; hora de consertá-lo.

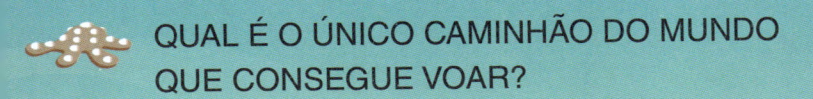 QUAL É O ÚNICO CAMINHÃO DO MUNDO QUE CONSEGUE VOAR?

POR QUE EM FILMES DE COMÉDIA AS PESSOAS PREFEREM SE SENTAR NA ÚLTIMA FILEIRA DO CINEMA?

QUAL É A DIFERENÇA ENTRE UMA LAGOA E UMA PADARIA?

O QUE PARTE E REPARTE E SEMPRE FICA DO MESMO TAMANHO?

O QUE É, O QUE É? TIPO DE ATLETA QUE PODE PULAR MAIS ALTO DO QUE UMA CASA.

O QUE É, O QUE É? VAI E VEM SEM SAIR DO LUGAR.

Respostas: o caminhão-pipa; porque quem ri melhor, ri por último; na lagoa há sapinho e na padaria assa pão; amor de mãe; qualquer atleta, pois casa não pula; a porta.

 O QUE O PAPAI NOEL FALOU QUANDO LHE PERGUNTARAM SE ELE ROÍA AS UNHAS?

 QUAL É O NOME DO MOTORISTA DE UM CARRO QUE LEVA QUATRO ROMANOS E UM INGLÊS?

 O QUE ESTÁ SEMPRE À NOSSA FRENTE, MAS NINGUÉM PODE ENXERGAR?

 O QUE É, O QUE É? UM PONTINHO PRETO NA ÁRVORE USANDO UM CHAPÉU, UMA MÁSCARA, UMA ESPADA E UMA CAPA.

 QUEM É QUE NÃO CAI DA MODA?

Respostas: Rou...rou...rou...!; Ivone (IV one); o futuro; um "bezorro"; o surfista, pois ele está sempre na onda.

 O QUE É QUE O LÁPIS DISSE PARA O PAPEL?

 POR QUE PEDIRAM AO OFFICE BOY PARA COMPRAR UM PAPEL REDONDO?

 O QUE É, O QUE É? NÃO TEM RAIO-X, MAS DEIXA TODO MUNDO VER ATRAVÉS DA PAREDE.

 QUAL A MONTANHA COM MAIS CURVAS?

 POR QUE O ELEFANTE UMA HORA USA ÓCULOS VERDES E DEPOIS TROCA PARA ÓCULOS VERMELHOS?

 Respostas: Você vive me desapontando; para fazer uma circular; a janela; a montanha-russa; para "verde" perto e depois "vermelho".

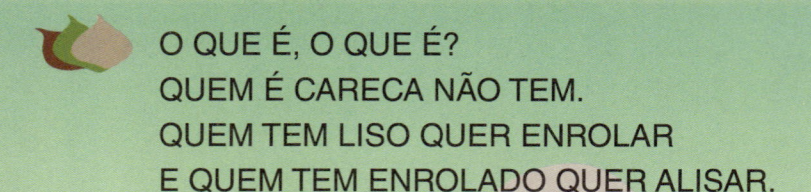

O QUE É, O QUE É?
QUEM É CARECA NÃO TEM.
QUEM TEM LISO QUER ENROLAR
E QUEM TEM ENROLADO QUER ALISAR.

O QUE É, O QUE É?
O QUE NUNCA VOLTA,
EMBORA NUNCA TENHA IDO.

POR QUE OS LOUCOS NUNCA
ESTÃO EM CASA?

QUANDO É QUE UM JOGADOR
DE FUTEBOL TRATA SEU
ADVERSÁRIO COMO NENÉM?

QUE TEMPO PODERIA SER DEFINIDO
COMO O DA INVENÇÃO DO RELÓGIO?

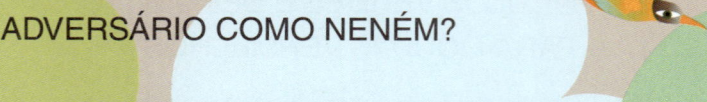

Respostas: o cabelo; o passado; porque vivem fora de si;
Quando ele lhe dá um carrinho; a invenção que veio na hora certa.

O QUE É, O QUE É?
UM PONTINHO VERDE EM UMA NOIVA.

O QUE É, O QUE É?
UMA CASA BRANCA SEM JANELA.
DONA CLARA MORA NELA.

QUAL A MAIOR INJUSTIÇA DO NATAL?

O GAFANHOTO TRAZ NA FRENTE
E A PULGA TRAZ ATRÁS?

O CINEMA ESTAVA CHEIO DE CIMENTO.
QUAL É O NOME DO FILME?

COMO TERMINOU O JOGO DE FUTEBOL
ENTRE DOIS TIMES DE PATOS?

Respostas: uma **greenalda** (grinalda); o ovo; o peru morre e a
missa é do galo; o céu da boca; a sílaba GA; nenhum, porque o
cinema estava fechado para reforma; empatado.

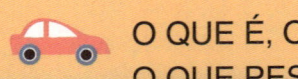 O QUE É, O QUE É?
O QUE PESA MAIS NO MUNDO.

O QUE É QUE ESTÁ NO INÍCIO DA RUA,
NO FIM DO MAR E NO MEIO DA CARA?

QUAIS AS CAPITAIS BRASILEIRAS
MAIS FALADAS NO MÊS DE
DEZEMBRO?

POR QUE O GALO CANTA DE OLHOS
FECHADOS?

QUAL É O ESPORTE EM QUE
O VITORIOSO VIVE SEMPRE CAINDO?

POR QUE O COMPUTADOR FOI PRESO?

Respostas: a balança; a letra R; Natal, Belém e Salvador; porque ele sabe a música de cor; o paraquedismo; porque ele executou um programa.

 QUAL É A DIFERENÇA ENTRE O CLIPE
E O ECLIPSE?

 POR QUE O BOI MUGE QUANDO VÊ
A VACA PASSAR?

 QUAL A DIFERENÇA ENTRE A ÁGUA
E O MÉDICO?

 QUANDO É QUE UM HOMEM SE PARECE
COM UM CARRO DE FÓRMULA UM?

 QUEM É O ÚLTIMO A SUBIR
E O PRIMEIRO A DESCER DOS AVIÕES?

 O QUE SÓ AUMENTA, NUNCA DIMINUI?

 Respostas: o clipe junta papéis e o eclipse junta gente; porque ele
não sabe assobiar; a água mata a secura e com o médico, se cura,
não mata; quando ronca, o trem de pouso; a idade.

 O QUE É QUE ANDA COM A BARRIGA PARA TRÁS?

 POR QUE A COBRA AGORA QUER SER ESCOVA?

 O QUE É QUE TEM CINCO DEDOS, MAS NÃO TEM UNHAS?

 QUAL É A DIFERENÇA ENTRE UMA ASSEMBLEIA E UM CAMPEONATO?

 POR QUE NINGUÉM CONSEGUE ROUBAR A MOTO DE UM JAPONÊS?

 ONDE O SUPER-HOMEM FAZ SUAS COMPRAS?

Respostas: a perna da gente; porque ela cansou de ser pente (serpente); a luva; na assembleia a maioria ganha e no campeonato a maioria perde; porque ele compra Yamaha (e amarra); no supermercado.

QUAL É A FRASE PREFERIDA
DOS MAGRELAS?

QUAL É O MAR ADULTO?

SE UM ATLETA TEM PÉ DE ATLETA,
O QUE TEM UM ATLETA VELHO?

O QUE É, O QUE É?
UM PONTINHO AZUL NO CÉU.

UM TÊNIS AFUNDOU NO MAR.
QUAL É O NOME DO FILME?

QUAL A SEMELHANÇA ENTRE
O ELEFANTE E O PIANO?

Respostas: Gente fina é outra coisa!; o marmanjo; pé de galinha; um uru**blue** (urubu); Tita**Nike** (Titanic); ambos têm dentes de marfim.

 ONDE É QUE O BOI CONSEGUE PASSAR, MAS O MOSQUITO FICA PRESO?

 COMO O BATMAN ABRE A BATCAVERNA?

 VOCÊ SABE COMO SE CHAMA ELEVADOR LÁ NO JAPÃO?

 O GAÚCHO NÃO ACHAVA SEU CARRO. QUAL É O MODELO DO CARRO?

 QUAL A FLOR QUE MAIS ALIMENTA?

 QUAL É A PARTE DO CORPO QUE, PERDENDO UMA LETRA, FICA LEVE?

 QUAL É O CÚMULO DA POBREZA?

 Respostas: na teia de aranha; ele "bat" palmas; apertando o botão; "Kade tchê" (Kadett); o copo de leite; a perna: se tirar o "R", fica "pena"; vender a camiseta para comprar sabão.

QUAL É A DIFERENÇA ENTRE
A MULHER E O LEÃO?

QUAL É O CÚMULO DA FORÇA?

O QUE É, O QUE É?
TEM CAPA, MAS NÃO É SUPER-HERÓI.
TEM FOLHA, MAS NÃO É ÁRVORE.
TEM ORELHA, MAS NÃO É GENTE.

O QUE É QUE O SEGREDO
E O DINHEIRO TÊM EM COMUM?

TEM ASAS FINAS E COLORIDAS.
QUANDO SAI DE SEU CASULO, ABRE
E VOA COM ORGULHO.

Respostas: a mulher usa batom e o leão "rouge" (ruge); fazer tricô com a linha de trem; o livro; os dois são difíceis de guardar; a borboleta.

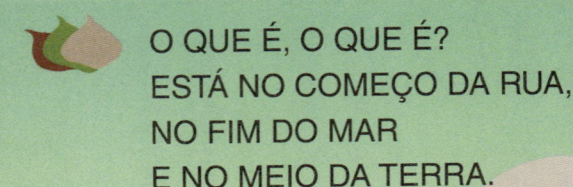

O QUE É, O QUE É?
ESTÁ NO COMEÇO DA RUA,
NO FIM DO MAR
E NO MEIO DA TERRA.

O QUE O DENTE PAI FALOU PARA
O DENTE MÃE SOBRE O DENTE FILHO?

QUAL É O NOME MAIS APROPRIADO
PARA UM JÓQUEI?

O QUE É, O QUE É?
UM PONTINHO AMARELO NA LIMUSINE.

O QUE É QUE TEM DEZENAS DE
CABEÇAS, MAS NÃO PODE
RACIOCINAR?

O QUE FALA E OUVE, MAS
NÃO É GENTE?

Respostas: a letra R; É a "cárie" do pai; H. Lopes; um **milionário**; a caixa de fósforos; o telefone.

 QUAL É O PÃO QUE
NÃO ALIMENTA?

 QUAL É O FELINO MAIS
VELHO DO MUNDO?

 O QUE VOCÊ DEVE FAZER SE DER DE
CARA COM UM MONSTRO VERDE?

 O QUE É QUE BENJAMIM FRANKLIN
DISSE QUANDO INVENTOU
A ELETRICIDADE?

 QUAL É O ANIMAL MAIS
PREGUIÇOSO DO MUNDO?

 O QUE A ÁGUA QUENTE FALOU
PARA O MIOJO?

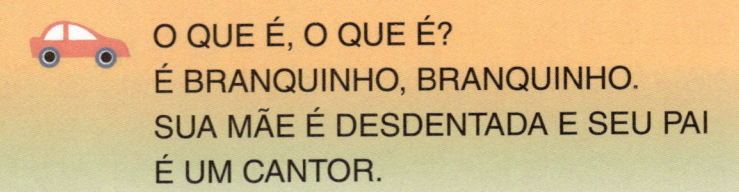 O QUE É, O QUE É?
É BRANQUINHO, BRANQUINHO.
SUA MÃE É DESDENTADA E SEU PAI
É UM CANTOR.

QUAL É A REDE SOCIAL DOS
VEGETARIANOS?

POR QUE O DOCE DE LEITE NÃO GOSTA
DE SAIR DE CASA?

QUAL É O SUJEITO DA FRASE:
"PROIBIDO ESTACIONAR"?

O QUE É, O QUE É?
QUEM NÃO TEM NÃO QUER TER.
QUEM TEM NÃO QUER PERDER.

O QUE É, O QUE É?
QUANTO MAIS LIMPO, MAIS SUJO FICA.

Respostas: o ovo; Al Facebook (alface); porque ele é caseiro; sujeito a guincho; causa na justiça; o pano de chão.

 UM ALPINISTA ESTAVA ESCALANDO
UMA ROCHA, ESCORREGOU E CAIU.
QUAL É O NOME DELE?

 O QUE TEM DEZ PATAS E DUZENTAS
CABEÇAS?

 QUAL A PEÇA DO CARRO QUE É FEITA
SÓ NO EGITO?

 POR QUE É QUE O ESTADO DE MINAS
GERAIS SE PARECE COM COPACABANA?

 QUEM FAZ MAIS BARULHO:
O PIANISTA OU O FOFOQUEIRO?

 QUAL É A PALAVRA QUE NUNCA
DIZ A VERDADE?

Respostas: Caio Rolando da Rocha; o fazendeiro: 10 patas na
lagoa e 200 cabeças de gado; os faróis (faraós); porque ambos
têm belo horizonte; o fofoqueiro, pois ele bota a boca no trombone;
somente.

COLECIONE!

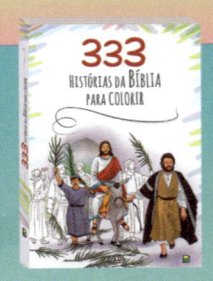  

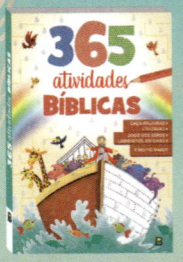   

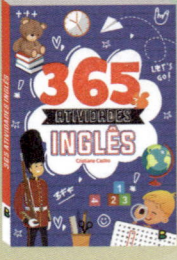   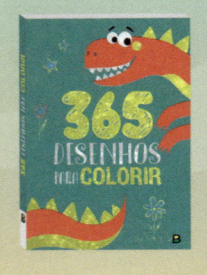

   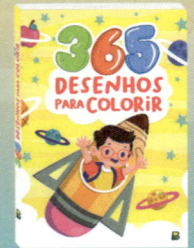

COLECIONE!

 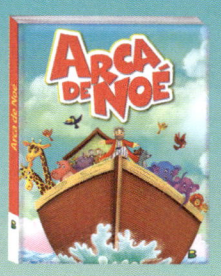  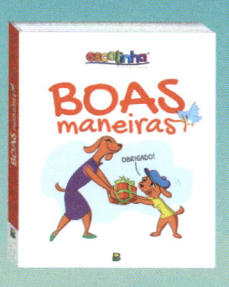

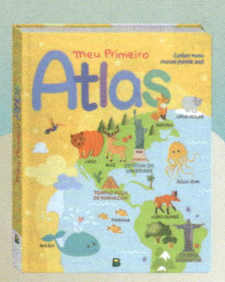  

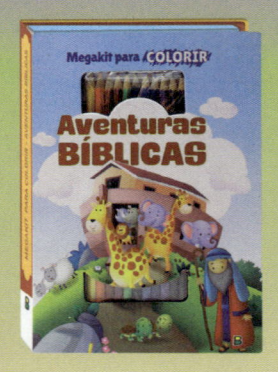